엘리트 시선 48

고목에 피는 꽃

민
경
옥

시
집

엘리트출판사

고목에 피는 꽃

민경옥 시집

엘리트출판사

고목에 피는 꽃을 바라보며

아침에 일어나 산기슭의 맑은 공기를 마시고 온종일 경황 없이 바쁘게 고뇌하며 보낸 후 밤에는 편안하고 즐겁게 지내고 싶다. 삶이 그러하듯 인생의 끝자락도 행복한 삶을 기대한다.

지난 몇십 년을 돌아보니 천금 같은 세월을 모두 보내고 고희(古稀)를 넘은 나이에 나 자신을 돌아보며 고뇌할 때 친구들의 권고로 용기를 내어 문학을 시작했다. 시를 쓰고 수필을 쓰다 보니 어느덧 네 번째 작품집, 『고목에 피는 꽃』을 발간하게 되어 기쁜 마음 금할 수가 없다.

산수(傘壽) 고개를 힘겹게 넘어 미수(米壽)를 바라보는 나이에 작사 작곡을 하며 가수로서 음반도 제작하고 저작권까지 획득하여 돌이켜 보니 기적이 아닌가 싶다.

무에서 유를 찾아 홀로 발굴하여 오늘에 이르러 이 세상에 몇 가지 남기고 가는 것이 발걸음이 무겁지 않을 것이다. 아무것도 없는 황무지에 다양한 꽃을 피워 영원히 지지 않을 것이라고 꿈을 꾼다.

　한결같은 애정과 배려로 네 번째 시집의 인연을 만들어주신 장현경 문학평론가님과 마영임 편집국장님께 감사드립니다. 나의 글에 열렬한 성원과 격려를 아끼지 않은 가족과 친지 친구들에게 고마운 마음 전합니다. 나의 작품들을 만나는 존경하는 독자님들께 건강과 웃음꽃이 피는 행복한 나날이 되시기를 기원합니다. 감사합니다.

2022년 2월
양평 글방에서
한별 민경옥

제1부 항상 이대로

제2부 그대 그리며

수필 제7부 산 넘어 그곳엔

향나무

그늘이나 물 마른 곳에서도 살아요
공기 나쁜 도심에서도 찡그리지 않아요

어떤 곳이든 꿋꿋이 버텨요
누구도 탓하지 않아요

늘 푸른 나무로 살아요
몸 냄새도 향기로워요

도끼로 찍어도 톱으로 썰어도
진한 향기를 잃지 않아요.

제1부

항상 이대로

다시 만날 그날까지
우리 모두 행복하리라.

들꽃

비탈에서 보았네
실바람에 떨고 있는
돌 틈의 작은 꽃

가냘픈 몸 앞에
발길 멈추어 바람을 막아주니
떨던 손발 잠잠해지고
보랏빛 향기 한 점 떨군다

정원의 꽃들 부러워 마라
사람이 돌보지 않아도
혼자 먹고 혼자 꽃 필 힘
주먹에 쥐고 태어났다.

뿌린 대로 거두는 인생

사랑을 뿌리면
사랑을 거두고
악을 뿌리면
악이 돌아오고
정을 주면
따뜻함을 거두니

모든 것이 행한 대로 받는데
세상이 너무 험해
장래가 두려워라

내 자손들 어찌 헤쳐나갈지
그러나 뿌린 대로
거두는 것이 아니던가!

마법의 봄

이 봄은
어디에 숨었다가
튀어나오는가

거친 북풍을 어디로 보내고
쌓인 눈은 어떻게 녹였는지
땅에 뿌리를 대고 있는 풀이나
마른 가지마다 잎과 꽃을 달아 주고
개구리나 뱀의 긴 잠을 깨워 준다

후쿠시마 대지진이 일어나고
방사능비에 사람이 쫓겨도
봄은 아무 일도 없었던 것처럼
씩씩하게 지구를 돌아다닌다
가는 곳마다 활기가 넘쳐난다

사람이 뽐내는
과학의 기술로
겨눌 힘이 아닌가!

항상 이대로

우리 친구 모두 모여
반가움에 웃음꽃 피고
쌓인 회포 서로 나누며
기쁨에 취해 버린다

내일도 모레도 이대로라면
이대로가 지속한다면
다시 만날 그날까지
우리 모두 행복하리라

다시 만날 그날까지
우리 모두 건강하리라.

나의 인생

늦게 뜬 별은

녹슬지 않는 꿈이
있었기에

황무지에
꽃 피우고

내 작은 우주를
탄생시켰다.

어제와 오늘

어제와 오늘
자연의 이치인 줄 알지만
어제 매우 즐거웠다

반갑기도 하고
모습도 보고
음성도 실감했고
음식도 나누었건만

이게 웬일일까!
밤사이 변함이 있어
오늘
어제의 모든 것이 사라져
다시 접할 수가 없으니

똑같은 날이건만
하늘과 땅 사이로 변해
아쉽기 그지없다.

정든 집 떠나며

오랫동안
머물던 정든 집이여

이별이란 웬 말인가!
나는 떠난다

더울세라
추울세라
보듬어준 집이여

정만을 남겨놓고
발길 돌린다.

우리 국민 최고야

우리는 단일민족
단군의 혈이 흐름인가
정이 많고 단결심이 강하고
궂은일은 내가 하고
좋은 일은 배려하네

솔선수범 정신
타국민의 모범이 되고
위대한 의료진들 혼신 다한 노력으로
많은 생명 지켜주니
코로나 이겨내어 내일의 희망 꿈꾼다

우리 국민 최고야
우리 국민 최고야.

억새

이른 봄부터 늦가을까지
갖가지 꽃들은 아름다운 자태를 뽐내며
오가는 길손들의 사랑을 받는다

꽃들이 사랑받을 때
억새는 천덕꾸러기 신세

발길에 이리 채이고 저리 채여 슬펐으나
늦가을 제철을 맞아 몸매를 키우며
엷은 황금색 옷을 입혀
눈부시게 아름다운 자태를 뽐낸다

가을바람에 은은한 가락까지 들려주니
꽃들 못지않은 자태로 사랑을 받는다

인간도 스스로 맞는 기회가 있음을
깨닫게 함이 아닌가.

들꽃 차 한 잔

미장원에서 나와
인사동을 누비다가
들꽃 차 한 잔을 마신다

젊은 날은
연인과 분위기를 찾아
거리를 헤맸지만

살 만큼 산 친구들과 수다는
편안한 단골 맛집에서
식사에 딸린 커피로 그만이다

혼자 차를 마시러 들르다니
내가 나를 만나러 온 걸까
들꽃 냄새가 나를 에워싼다

봄

만물을 소생시키는
봄이 왔다

살아있는 생명체는
저마다 개성을 살려
희망을 꿈꾼다

잎을 피우고
꽃이 피고
씨를 얻는다

나도 그러고 싶다
그러나 마음속에
도사리고 있는 꿈은
봄의 힘을 받을 수 없으니

봄이 야속하기만 하다.

바람 부는 들판에 선 것 같다
아니 비에 젖은 풀냄새가 난다
이렇게 맑은 날에.

봉선화

꽃밭에
봉선화가 피었다
꽃 속에
어머니 얼굴이 들어있다

농촌으로 시집온 어머니
안 해 본 논밭 살림까지
부엌에서 샘터로 닭장으로
종일 땀으로 목욕했다

어느 여름밤 별 아래서
어린 손가락 꼭 잡고
손톱에 놓던 꽃물

그해 여름 끝나도록
지워지지 않았다
무딘 손톱 끝에
아직도 봉선화가 핀다.

보름달

열세 살에 6·25전쟁이 났다
피난길에서 피 터지는 목숨
굶주린 사람들의 아우성
비참한 전쟁의 상흔

깜깜한 세상에 보름달이 떴다
옥수수 찐빵처럼 부푼 달을 보고
동생들은 배고프다고 칭얼댔지만
나는 달님에 두 손 모아 기도했다

다음날 만난 먼 친척 아저씨
식량을 풀어 우리에게 주었다
열세 살 누나의 소원
힘들 때마다 보름달은 환하게 웃는다

해가 서산으로 넘어가면
어두워지면서
달은 또 떠오르고 있었다.

모교의 훌륭한 어머니
- 홍천초등학교 개교 100주년을 축하하며

나라를 잃고도 씨앗을 품어 싹틔웠고
전쟁 중에도 수많은 씨앗을 싹틔웠고
비, 바람 모진 날씨 묵묵히 이겨내며

품에서 자란 수많은 어린싹
삶의 희망 찾아 한 계단 두 계단
성숙해지니 몰라보게 큰 재목 되어

훌륭한 인재로서 나라를 이끌어가는
거목을 비롯해 각계각층에

뿌리 내려 더불어 사는 세상에
큰 공을 이루니
어머니의 품이 아니었다면

어찌 오늘이 있을까
일세기를 맞이한 우리들의 모교
개교 100주년을 축하하며

자랑스럽고 훌륭한 우리의 모교
앞으로 천 주년 만 주년 누리며
영원토록 수많은 싹 길러내어

세계만방에 널리 널리 떨쳐
그 이름 홍천초등학교
꿈과 희망의 등불 되어
영원토록 길이 빛날 것이다.

제2부

그대 그리며

오늘도 불러본다
그대 이름 석 자.

그대 그리며

불러도 불러도

대답 없는 그대여
허공에 이름 석 자 띄우고
말없이 소리 없이
사라진 그대 못 잊어

오늘도 불러본다
그대 이름 석 자
그대를 못 잊어서
소리 없이 운다.

거짓 없는 씨앗

악의 씨에서
선의 싹이 틀 수 없음을
행한 대로 거둠을
깊이 깨닫기에

행복의 씨를
나눔의 씨를
선의 씨를 많이 뿌려
흡족한 삶을 그려낸다.

인생 보약

고생 속에 쌓인 복 씨앗
세월이 갈수록
눈부신 꽃이 되어
오늘의 기쁨을 누리네

인내로서 극복했음이
값진 보람이 아니던가

고생 끝에 낙이 있으니
포기하지 말고
이겨내면
행복이 기다린다.

의좋은 형제

하늘에서 내려왔나
땅에서 솟았나
혈육이 뭐길래
혼신을 다해 섬기네

눈과 손발이 되어주고
건강까지 보살피니

내 어찌 잊을 수 있을까
저세상 간다 해도
잊지 않으리
잊지 않으리.

태풍

잎이 무성한 나무들
막춤이 추고파 기다렸다는 듯
태풍이 몰고 온 바람에 맞추어
춤추기 시작한다

윙윙 심한 장단에 마치
전주곡인 양
미친 듯 춤을 춘다

한참 춤을 추다 보니
허리가 부러진 것도 모르고 춘다

윙윙 반주곡이 멈추니 그때야
수명이 다한 것을 알았을까

처절하게 어디론가 사라지니
그제야 막춤 춘 것을 후회한다

때는 이미 늦어
세상과 이별을 한다.

노래 교실

노래가 좋아
장거리 단숨에 달려왔다
아, 이게 웬일인가
어느새 교실은 회원들로 꽉 차 있고
훌륭한 선생님의 지도가 시작됐다

고운 음색이 사방에 퍼지면서
마음에 쌓여있던 스트레스
함께 날아간다

노래 부르면서 머리가 맑아지고
마음도 편안하니
노래 교실도 되고 치료실이 아니던가
그뿐인가 옆자리 회원들과 즐거운
담소도 나눈다

짧은 시간이 아쉽지만
다음 날을 기다리며
우리는 발길 돌린다.

오빠의 업적

청렴결백
솔선수범
한평생 바친

가문의 빛
고향의 빛
나라에 충성

길이길이 빛나리라.

의사 선생님

앞이 구만리 같은 인생
희망이 넘칠 때
몹쓸 병마가 찾아와

사경을 헤맬 때
의사 선생님이 혼신을 다해

치료해주신 덕으로
말끔히 소생하여
희망찬 하루를 보낸다

나는 왜 아무 재주가 없을까!
나도 그 무엇이라도 누구에게
보람 있는 것을 하고 싶으나
한없이 아쉽다.

이웃사촌

낯선 곳 낯선 집에
어느새 여러 해 지내다 보니
가슴에 쌓이는 외로움과 정

시간이 흐를수록
우울증이 짙어갈 때
이웃 사람들의 정이
마음을 채워주고 녹여준다

시시때때로
형제와 자식 생각에
그리움이 쌓이는데

즐겁게 보살펴주니
이웃사촌이란 말이 아니
이웃 형제라고 말하고 싶다

그 누가 이웃사촌이라 했든가!
마음 깊이 실감하며
오늘도 그들이 즐겁게 해주었기에
자식들의 그리움을 잊는다.

세상은 요지경

쏜 화살처럼 빠른 세월 속에
기쁘면 기쁜 대로
슬프면 슬픈 대로
잘났으면 잘난 대로
못났으면 못난 대로를 비롯하여

헤아릴 수 없는 수많은 일을
세상과 교감하며
살아감이 아닌가

말없이 소리 없이 요지경 속에
빠져들어 오늘도 그렇게
저렇게 시간을 보내며
하루를 보내니 요지경 속에서 헤맨다.

청계문학

전국 방방곡곡에 있는
훌륭한 인재들

청계문학에 모두 모여
수준 높은 글을 보급하니

청계문학은 글이 빛나고
마음이 빛나고 정이 빛난다

세월이 갈수록 눈부신 발전에
주위에서 모두 박수를 보내고

황금빛 광채가 널리 퍼져
청계문학 영원히 빛날 것이며

우리는 한 가족
영원하리라.

허무한 세상살이

세상을 원망하랴
내가 나를 원망하랴
부모 형제 자식들이
쓰린 마음 알 수 있나

아내로서 어미로서
혼신 다해 살다 보니

어느새 몇십 년 흘러
황혼길 걷고 걸어
끝자락이 보인다고 할까

지난 세월 회상해 볼 때
꿈 많던 그 시절

재능은 펼쳐보지도 못하고
가슴에 묻고 떠나야 하니
소리 없이 눈물만 흐른다

그래도 명석한 두뇌 덕일까
조금은 빛을 보아 위안은 되지만
해가 있어야 길을 가듯이

얼마 남지 않은 인생 끝자락
황혼길이 너무 아쉽다.

코로나19

항상 실감하며 느끼며 살고 있지만
코로나19는 너무 끔찍스럽다

내 나름대로 분석해 볼 때
드높은 하늘 위 공기를
수많은 비행기가 오염을 분산하여
넓고 넓은 지구 전체를 골고루 분산하여
병마가 인명피해를 주는 것이 아닌가 싶다

수많은 짐승에 코로나 걸렸다는 말이 없다
인간에게 내린 벌로 1억 명이 넘다니
이젠 그만 멈췄으면
얼마나 좋을까 싶다.

우리는 가족이야

우리는 가족입니다
행복이 가득한 교실에는
웃음이 넘치고
사랑이 넘치고
즐거움에 나눔이 넘치네

쌓인 노래 함께 부르며
내일을 기원하니
우리는 가족이야
정 많은 가족이야

우리 모두 행복 합시다
우리 모두 건강 합시다.

자화상

보살핌도 없고
기댈 곳조차 없는 잡초

강인한 생존력으로
모든 고난 막아내네

무수히 짓밟혀
홀로서기 어렵건만
잎사귀와 꽃으로
세상에 선을 보여

귀한 꽃들의 부러움을
한 몸에 받으니

이를 두고
누가 잡초라 했는가!

눈비 맞아도
수명은 길어
내일을 위해
꾸준히 열매 맺으리라.

초가 마을의 겨울

짧은 해
긴긴밤에 찾아주는 이 없고
간간이 들려오는 바람 소리와
낙엽 굴러가는 소리뿐

노부부 화롯불에 손 녹이며
객지에 있는 자식 걱정에
긴 한숨 몰아쉰다

고요한 적막 속에
소리 없이 내린 눈은
잘못을 용서하듯
세상을 하얗게 덮는다

눈부신 세상에서 마음을 닦고
온 산야에 새들이 발자국
새기며 조잘조잘

하늘 인심 넉넉하여
차별 없이 선사하니
초가의 겨울이 더없이 풍요롭다.

위대한 의료진

수 없는 나날을
내 인생 삶을 접고
남의 생명 소생시키는데
혼신을 다해
매진하네

부모 형제 자식들
특효가 없고 오직
기적만 비는데

의료진들 피살이 섞인 것도 아니고
남녀노소가 없고
정도 없는 환자들에게
오직 소생시키려고
심신을 쏟아
결국은 생명을 구해주네

세상에 그 무엇이
제일 위대할까

의료진들의 노고
길이길이 값질 것이며
의학박사가
수많은 약을 연구하면서
많은 사람에게 건강을 지켜주니

그 무엇이 이보다 더 위대할까
저절로 머리 숙어지네!

제3부

행한 대로 거둔다

옛말에 콩 심은 데 콩 나고
팥 심은 데 팥 난다고 했다

은빛 물결

파도가 작은 잔잔한 바닷물
아름다운 잔주름이 장관

눈부신 은빛 주름에 반한
갈매기 물새들
제각기 노래를 부르고

태양도 즐기고 싶은 듯
새털구름 사이로 물결을 비추니
사이마다 반짝이는 물결

한층 더 눈부신 은빛 물결
파도야 심술부리지 말고
은빛 물결 오래가게 하렴!

솔잎 사랑

가을에도 불타지 않고
겨울에도 시들지 않는 사랑은
푸르다

내가 가루가 되어서라도
당신의 상처를 덮을 수 있다면
당신의 귀와 눈을 밝힐 수 있다면

바람에 솔솔 향기를 띄우며
지칠 때 언제라도 오라고
손짓하는 솔잎 사랑.

사노라면

한세상 사노라면
매사에 취해서 산다

술만 알코올이 있음이 아니기에
오늘도 이것저것에 취해본다

맛있는 음식에 취하고
기분이 좋아 취하고
잠에 취하고
반가움에 취하고
슬픔에도 취하고

갖가지 취해서 살다 보니
어느새 인생에 땅거미 내려앉아
취함도 사라짐이 아닌가

취해서 살 때가 좋았는데
그때가 그립다.

잔인한 이승

수많은 생명체
이승에서 버티려면 많은 고통을 이겨내야
살이 살을 먹고 쇠가 쇠를 자르고
힘 있는 자가 힘없는 자의 생명을
잔인하게 빼앗아 이승에서 버틴다

만물의 영장이라고 하는 인간
수명은 그 누구도 앞을 모른다
나무는 종류에 따라
천년 넘게 이승에서 살고 있는데

인간은 수명은 길어야 100년
이승에 머무는 동안
수 없는 고통 속에 내일을 위해 버틴다
이승의 자연재해는 막을 길 없어
생지옥 같은 이승

눈을 뜨면 이승이요
잠이 들면 저세상이 아닌가
묘한 생각 억누르며
오늘 하루를 마무리한다.

잡초

오늘따라 잡초가 왜 이리 부러울까?
사람은 뼈 빠지게 노력을 해야 대가를 얻는데
잡초는 제자리에 가만히 있으면서
자연으로 인해 모든 것을 누린다

보지도 못하고 말도 못 하고
팔다리도 없는데
아니 몸도 못 움직이는데
바람의 힘으로 자유로이 춤을
추어가면서 많이 번식한다

동서남북 골고루 바람이 뿌려주니
사람하고는 비교조차 안 된다

잡초가 사람에게 말하는 것 같다
당신들은 만물의 영장이라고 하지만
우리 같은 재주가 없어 노력해야
대가를 얻는 게 아니냐고.

무서운 내일

80년이 넘게 살았는데
경자년 올해처럼 무서운 자연은
처음 겪는다

수마가 휩쓸고 지나가니
화마가 할퀴고
병마가 번져서
숨조차 제대로 쉴 수가 없는데
풍마가 소스라치게 닥친다

엄청난 물까지 동반하여 겹치니
그것도 한 번도 아니고 연거푸 3차례
모든 생명체는 자연을 이길 수 없어
인명 피해 재물 피해를 봐야만 했다

해마다 한두 번씩 겪는 자연피해였지만
올해처럼 몇 가지를
한꺼번에 겪는 일은 없었는데
어린 자손들이 걱정된다

약한 마음에 스치는 생각
이게 말세 아닌가!
두렵고 무섭다.

행한 대로 거둔다

옛말에 콩 심은 데 콩 나고
팥 심은 데 팥 난다고 했다
선과 사랑을 베풀면
생활에 기쁨을 즐길 수 있고
악의 씨를 뿌리면
고통 속의 삶을 사는 것이 아닌가!

그런데 웬일일까
수없이 선을 베풀고
온 정성을 다해 정을 나눴건만
뿌린 대로 거둠이 아니고
말 못 할 고통 어떻게 말로 다 할까!

세월이 흘러
수십 년 지나 늦게 싹이 터서
보람을 느끼게 되니
뿌린 대로 거둠이 아닌가!

좁은 소견이라
급하게 마음먹은 것이 부끄럽고
언젠가 때가 되면
늦게라도 거둠이 있음을 깨달았다

즉시 싹을 틔울 수도 있고
늦게라도 싹이 튼다는 것을 실감했다.

아빠의 사랑

날이 새면 가족을 위해 일터로
가려는데 철없이 어린 녀석
아빠! 가지 말라며
바지 잡고 울어대네

쓰린 마음 달래며 눈물로 일 마치고
집에 와 보니
옆으로 누워 잠든 녀석의 눈가엔
눈물이 채 마르지 않고
잠결에 흐느끼는 목소리로
아빠! 빨리 와

아이고, 하며 덥석 끌어안으니
따뜻한 체온 속에 심장이 심장을 녹인다
온종일 지루하게 기다렸던 탓일까
목을 꼭 끌어안은 고사리손 놓지를 않으니

아빠의 뜨겁고 뜨거운 사랑
자식을 위해서라면 무엇이 두려울까
험한 산도 깊은 물도 불이라 할지라도
모두 헤쳐나가려니
그저 건강하게만 자라다오.

허무한 내 인생 1

전쟁을 원망하랴
내 운명을 원망하랴

부모형제 자식들이
쓰린 마음 알 수 있나

아내로서 어미로서
혼신 다한 수십 년

내 인생은 간 곳 없어
눈물만이 위로하네.

허무한 내 인생 2

세월을 원망하랴
내 신세를 원망하랴

우정 깊은 친구들이
아깝다며 위로하네

머릿속에 쌓인 꿈들
세상 구경 못한 체

흐르는 세월 따라
흐느끼며 살아지네.

허무한 내 인생 3

꿈속이 그리워라
그 옛날이 그리워라

황금 보석 값진 물건
흉마가 쓸어갔네

무에서 유를 찾아
홀로 캐낸 값진 보물

남은 인생 빛이 되어
영원히 빛내리라.

신기한 나무들

만물의 영장인 인간이
나무 보기 부끄러워
심경을 토로한다

눈이 있어 보기를 하나
입이 있어 말을 하기를 하나
귀가 있으니 듣기를 하나

그 무엇에 의지도 없고
어쩌면 그렇게 계절을 알고
누구의 지도도 없이
철 따라 옷을 갈아입을까

게으르고 제때를 놓칠 때가 많아
인간으로서
참 신기한 너희가 부럽다.

오리

땅에서는 뒤뚱거리지만
물속에서는 몸놀림이 매끄럽다

짧은 다리도 다 감추고
몸이 유연하다

누구에게나
빛나는 순간은 있다.

방생

그제 우리는 강에서
각자 비닐봉지에 담아둔
한 마리 어린 자라를
강물에 놓아주었다

오늘은 풀숲에서
고개 쑥 내민 풀꽃 한 송이
가까이 다가가서 내밀던 손
얼른 거두어들인다

앉거나 서거나 달리거나
기어가는 것도 마찬가지
함부로 거두지 못할
제 나름의 목숨이 있다.

잡풀

잔디밭에 잡풀이 많이 났다
하나하나 뽑다 보니 어떤 잡풀
노란 꽃봉오리가 고개를 바짝 쳐들고
애원하는 듯

"할머니 나 며칠만 살게 해주세요"
세상에 나왔다가 예쁜 꽃 피워보고 가고 싶어요
하고 사정하는 것 같은 느낌이 들어
차마 뽑지 못하고
그래 며칠 살다 가렴
하는 마음으로 그냥 두었더니

어머, 이게 웬일!
노란 예쁜 꽃을 피워 나를 즐겁게 해준다

볼 것 없는 잡풀이지만 며칠 살게 해준 고마움을
꽃을 피워 답을 한다
잡풀에도 정이 가는데 사람으로 자기 자식도 잔인하게
살해하는 것이 아무리 생각해도 이해가 안 된다

잡풀에도 정이 가는데
사람으로서 용서가 안 된다.

나의 아내
- 어느 남편의 독백

하늘이 맺어준 연분인가
조상님이 맺어준 연분인가

수많은 여성 중 당신과 부부 연을 맺어
한 가정을 이루어 오늘까지 행복을 느끼게 되어
무한히 감사하오

지난 몇십 년
당신의 삶을 돌이켜 생각해 보니
뼈가 녹아내리는 것 같소

환 중에 계신 어머니 병시중
무려 30여 년이 넘게 모셨고
슬하에 자녀 훌륭하게 키워 남부럽지 않으며

남편인 나를 하나부터 열까지 불편할 없이
혼신을 다해 보살펴 주었기에
오늘의 내가 이렇게 행복을 느낌이 아닌가 생각하오

당신의 아름답고 값진 인생
모두 포기하고 살다 보니
어느새 60이 넘었구려

한없이 고맙고 다음 생에 태어난다면
당신을 다시 만나면
원 없이 해주고 싶소.

호수 위 그림

잔잔한 호수 위에
가로수의 그림이 아름답다
잔잔한 물결과
살랑살랑 부는 바람 따라
춤추는 가로수 그림들

새들도 어울려 노래를 부른다
호수 위 놀잇배 한 척에 몇 사람들
그 모습에 취해
하루의 피로를 푼다

만물의 영장인 사람도
춤추는 그림은 못 그리는데
인간이 못하는 재주라고 할까

인간이 따라 할 수 없기에
호수만이 갖는 재주라고 할까!

제4부

잊을 수 없는 사랑

그대 생에 득이 된다면 꿈 그리며
등불 밝혀주리라.

주막집에서

문밖에서
거센 비는 두드리는데
불 지핀 가마솥에서 끓는 물
집안을 데운다
나그네 추운 몸을 안아주는
어머니 품속 같다

살림에 닳은 주모 손이나 내 손이나
세월 걸린 건 마찬가지네
주모가 막사발에 부어준
막걸리 한 잔에
나이도 피곤도 삼킨다

술상에 올라온 찐 옥수수
빗소리도 한 자락도 깔린다
두부 자르듯 맺고 끊는
도시풍 계산법을 떠나니
작은 게 다리 소반 위
산골인심이 넉넉하다.

가을 이별

그제 푸르던 숲의 그대가
어제 붉게 물든 그대가
오늘 떠난다고
손을 흔들며 사라진다

그대를 돌려세우는
바람 앞에서
나는 아무것도 할 수 없다

그대의 싱그러운 웃음과
그대의 따뜻한 포옹과
그대의 슬픈 눈을 기억하리

이 모든 기쁨과 슬픔
가슴 속 골짜기를 돌아
흰 눈이 덮어도
나는 그대를 기억하리.

단풍

이른 봄 싹트면서 타고난 색깔
봄, 여름, 늦가을까지
오가는 길손들 모두를 즐겁게 해준다

때가 되어 모체를 떠나
땅에 이리저리 뒹굴 때
그래도 색깔만은 변하지 않아

그를 사랑하는 사람들
흙이 묻었을세라
조심조심 주워다가 책갈피에 간직하니

비록 나뭇잎 단풍잎이라 할지라도
사람 팔자보다 더 호강한다고 생각한다

인간은 생을 다하면
재로 변하고 마는데.

머물다가 떠난 자리

옥탑방은
일터에서 돌아와
그가 쉬는 집
그가 자는 방이었다

폭우는 논밭을 쓸고
가두리 양식장을 끌고 갔다
사람들의 목숨을 삼키고
그들의 일감을 뺏어 갔다

굶어 죽었는지
병들어 죽었는지
스스로 목숨을 끊었는지
알 수 없지만

방안은 텅 비어 있었다
배고플 때
외로울 때 피웠을 담배
꽁초 남긴 재떨이 한 개뿐.

등불

긴 세월 먹고 싹튼
가슴에 묻혔던
씨앗 한 알

무거운 삶의 뚜껑을 열며
더듬거리는 내 손에
빛 한 줌 담아주셨다

눈물도 한숨도
시 한 줄로 바꾸며
세상 뾰족한 등을 쓰다듬는다

나이 든 제자에게
남은 삶을
시처럼 살게 하신 선생님.

잊을 수 없는 사랑

남몰래 사모한 사람
소리 없이 떠나버렸네

그 사람 잊지 못해 뒤돌아보니
발자국 자리가 나를 울리네

하늘 아래 어디선가 내 마음 알아줄까
사모한 게 죄라면 강물에 흘려보내고

그대 생에 득이 된다면 꿈 그리며
등불 밝혀주리라.

그리운 어머니

어머니 그리다 잠이 들면
어느새 베개는 젖어있고
꿈에서 어머니 만나
달콤하게 취해
한없이 행복했네

잠에서 깨어 살펴보니
어머니 모습은 보이지 않아
그리움 달래며 불러본다
어머니 어머니 우리 어머니
그리운 어머니

어머니 보고파 눈감으면
인자한 모습이 떠오르네
따뜻한 어머니 품속
한없이 그리워
사방을 더듬어본다

그 옛날 어머니 한 번만 봤으면
애절한 마음 지울 수 없어
그리움 달래며 불러본다
어머니 어머니 우리 어머니
그리운 어머니.

어느 여름날

아스팔트 한길 가에
달달 볶는 뙤약볕 한복판에
아기를 업은 아줌마
옥수수처럼 까맣게 익어가고 있다

차가 제자리걸음 할 때마다
열린 차창으로 다가와
찐 옥수수를 들이미는데
매미처럼 아기 울음이 따라온다

젊은 엄마 적, 생활에 휘둘릴 때
아이 울린 일 한두 번이랴만
저렇게 어릴 적부터
울음을 익히는 것이렷다

울다 지치면
저 홀로 울음을 거두는 것이렷다
온몸에 물기마저 쏙 빼고
한 몸에 꼭 붙어 있는 옥수수 모자(母子).

새야 새야

넓고 푸른 하늘 아래
아름다운 경치 보는 것도 즐거운데
너는 이 나무 저 나무 이 꽃 저 꽃
마음대로 즐기며 노래를 곁들여
인간을 즐겁게 해준다

오늘따라 네가 왜 그리
부러울까

사람은 만물의 영장이라고 하지만
너처럼 가고 싶은 곳 마음대로 못 가고
한가로이 노래만 부르며 살 수 없기에
네가 부럽단다

사람은 하고 싶은 것을 다 못한단다
세상 살아가는 이치가
모든 고난을 이겨내야 내일을 살 수 있기에

고생을 극복하는 것이
너무 힘들기 때문에
시시때때로 너를 부러워한단다.

그리움

소리 없이 내리는 이슬비처럼
마음에 내리는 그리움
온몸을 적신다

오래된 낡은 필름이
눈앞을 스치듯이
부모님을 비롯하여
많은 모습이 그려진다

아무리 보고파도
이룰 수 없어
나도 모르게 흐르는 눈물
진정하기 힘드네!

눈물이란

눈물이란 묘한 액체

즐거워도 눈물이 나고
슬퍼도 눈물이 나고
보고파도 눈물이 나고

남이라도 너무 불쌍하면
눈물이 나고
나라에 큰 경사가 있어도
감동에 눈물이 나고

눈물이란 마음의 변화에 따라
색다르게 흐른다.

불탄 집

평온하던 집의 부엌에서
갑자기 물이 끓기 시작했다
불붙인 자는 누구일까

한 아이의 엉뚱한 불장난
물은 졸아들어 냄비까지 태웠는데
그때까지 구경만 하던 사람들

강 건너 불 보듯 지나친 사이
물은 불이 되어
집 한 채를 허물고 꺼졌다

무너진 집터에서 부끄럽다
혼자라도 헤집고 들어가
먼저 끄지 못했던 불씨.

군고구마 장수

군고구마 장수 부부
큰길가에
삶터를 잡았다

배가 고픈지
아니면 추워선지
엄마 등에 업힌 아기가 칭얼댄다

방과 후에 친구들과 삼삼오오
군고구마를 까먹으며 걷던
겨울은 참 따스하고 구수했다

앞만 보고 가는 사람들 틈에서
혼자 군고구마 한 봉지를 사는데
아까부터 내리는 눈발이 앞을 가린다.

아기의 첫울음

말로 다 할 수 없는 고통
진통 끝에 자식을 얻은 어미

갓 태어난 아기가
우렁찬 목소리로 응애응애 울어댄다

아가, 왜 그렇게 우니 하며
아기를 본다

그냥 우는 것이 아니다
양쪽 볼로 흘러내리는 눈물
말 못 하는 아기가 말하는 것 같다

엄마
나 이 세상 어떻게 살아가
무서워하는 것 같다

엄마도 눈물이 났다
그래 미안하다
너의 인생 끝까지 돌보지 못해 미안하다

어미는 우는 아기를 자기 체온으로 감싸며
울음을 그치게 한다.

고목에 피는 꽃

수많은 고목 중
꽃이 핀 고목
모두가 부러워한다

수십 년 지난
세월 속에
많은 생명체 모두가
날개 펴고 저마다 품고 있던
갖가지 재능을 누렸건만
그중에 날개를 펼 엄두도 못 내고

그저 한없이 처절한 마음
억누르며 살다 보니
고목이 되어 쓸모없이 지내다가
세월에 이슬이 되리라 했다

날개를 펴고 하늘을 날고 싶었으나
이것이 가로막고 저것이 세로 막고
수 없는 장애로 인해 날개를 포기했으나

늦게 꽃을 피우니
고목이 되어 포기했던 것이
경솔한 선택이 아니었나
생각이 든다.

구름아 구름아

긴 세월
전 세계를 누비고 다녔다

이 나라는 이렇고
저 나라는 저렇고
말도 다르고
음식도 다르고
사람도 다르고
사는 것도 다르다

고향이 그리워 노래로 달래보지만
위안이 되지 않는다
가족이 그리워 먼 하늘 바라보니
하얀 구름이 반긴다

고향 하늘과 다를 바 없고
구름 역시 고향 구름 똑같아
구름 베개 전한다

구름아 구름아
고향에 가거든
내 마음 전해주렴.

남현우 노래 교실

노래가 좋아
장거리 단숨에 달려왔다
아, 이게 웬일인가
어느새 교실은 회원들로 꽉 차 있고
훌륭한 선생님의 지도가 시작된다

고운 음색이 사방에 퍼지면서
마음에 쌓여있던 스트레스
함께 날아간다

노래 부르면서 머리가 맑아지고
마음도 편안하니
노래 교실도 되고 치료실이 아니던가

그뿐인가 옆자리 회원들과 즐거운
담소도 나눈다

짧은 시간이 아쉽지만
다음 날을 기다리며
우리는 발길 돌린다.

제5부

모정

어미는 너의 일생 끝까지 보살피지 못 합이
너무 처절해 온몸이 녹아내린다.

잔인한 터널

누군가 혼신(渾身)의 열정으로
만들어진 보물이 섞인 음식
조심조심 터널 앞에 놓는다

이 터널을
무엇이든 그냥 스칠 수 없다
잘근잘근 부셔서
꾸불꾸불 긴 터널을 지난다

이것을 즐기는 다양한 생이 있으니
잔인한 터널이라고 해야 하나?

취해서 사는 인생

한평생 사노라면
수많은 고뇌를 겪어야 하지만
굽이굽이 사이사이
달콤함이 있어
그것을 접하면서 삶을 즐긴다

알코올에만 취함이 아니고
눈 코 입 귀 온몸으로
갖가지 맛을 경험하며
취해서 살다 보면

많은 고통 잊으며
그날그날 살아간다.

조각달

어린 내가 소꿉놀이를 한다
깨진 사금파리에 흙밥을 담고
풀잎 반찬으로 한 상 차려
친구들과 저녁 잔치를 하는데
달이 환한 등불이 되어
우리를 지켜준다

난데없이 검은 구름이 나타나더니
등불을 끄려고 팔을 내젓는다
구름의 장난질에 달이 깨진다
나는 뛰어다니며 구름을 쫓아내고
부서진 조각을 맞추다가
꿈을 깼다

눈 뜨고 보는 이 세상도
한갓 꿈이려나
여기저기 기웃거리다가
해도 달도 붙잡지 못하고
손 털고 떠난다.

가방끈이 뭐길래

가방끈이 긴 사람을 보면
매우 부러웠다
끈만 긴 것이 아니라
가방 역시 화려하고
값지다

그러나 내용물은 실망이다
별 볼 것 없는 물건들
남에게 도움이 되지 못하고
눈길도 안 준다
가방마다 다 그런 것은 아닌데
부끄러움을 느낀다

어느 짧은 가방끈
가방 역시 허름해서
내용물에 관심조차 없다

그러나 이게 웬일인가
눈부시고 값진 물건이 가득 차 있어
만인에게 훌륭함을 전달 보급하니
험한 세상 살아가는 데 큰 도움이 된다

짧은 가방끈 낡은 가방을
대수롭지 않게 생각한 것
부끄럽기 그지없다

끈도 끈 나름
가방도 가방 나름이니
긴 가방끈 부러워 말고
내용물에 관심 두는 것이 어떠할까!

모정

모태에서 갓 태어난 녀석
눈도 못 뜨는 것이 우렁찬 목소리로
눈물을 주르륵 흘리며
응애, 울어댄다

산고의 통증도 잊은 채 품에 안고
왜 그렇게 우니
눈물을 닦아주며 달래주는데

녀석이 말을 하는 듯
엄마, 나 이 세상 어떻게 살아?
너무 무서워하는 것 같다

아이고, 온 전신이 녹아내리는 듯
어미도 눈물을 훔친다

한세상 사노라면
수 없는 고통을 헤쳐나가야
기쁨을 맛볼 수 있으며 보람을 느낀다

엄청난 구비를 어떻게 이겨나갈까?
어미는 너의 일생 끝까지 보살피지 못 합이
너무 처절해 온몸이 녹아내린다.

종착역의 꿈

차를 차례로 놓치고
서산이 지는 해 바라보며
돌아갈까 했는데
막차가 왔네

꿈과 함께
망설임 없이 덥석 차에 타고
천천히 고갯길을 올랐네

시작이 반이라더니
꿈은 이루어진다더니
늦은 나이에 시인이 되어
소녀적 꿈을 이루었네

시는 삶의 노래
보고 듣고 울고 웃는 세상사
가득 쓰인 길 따라가네
종착역까지 멈추지 않으려네!

재래시장에서

햇살이 한풀 꺾인 오후에
집 바로 앞 마트를 지나서
나들이 가듯 시장에 간다

강물에 쏟아지던 빗줄기
빗물에 부들거리며 떨던 배추도
통통하게 속살이 오르고

폭우에 친구들을 떠나보내고
고추는 새빨갛게 약이 올랐네

너나없이 이런 일 저런 일 만나서
이리저리 비틀거리다가도
중심을 잡아 또 살아가네

세월이 두 손으로 익혀낸 먹거리와
햇살과 바람도 한 움큼
가을을 담아 돌아간다.

삶

젊은 날에는

이 세상에
따뜻한 햇볕과 더운 바람
봄과 여름뿐인 줄 알았다

살다 보니
이 세상에는
서늘한 아픔과 차가운 슬픔
가을과 겨울도 있었다.

초파일

부처님 오신 날
하늘에는 연꽃이 가득 피어난다
불자들이 간절한 바람으로
켜둔 연꽃 등

탐욕의 번뇌를 씻게 하소서
이웃들을 돌보게 하소서
진실에 눈뜨게 하소서
주어진 삶을 사랑하게 하소서

부처님 오신 날
지상에는 연꽃이 가득 피어난다
세상의 어둠을 밝히려
부처님이 켜는 연꽃 등.

머리 숙인 벼 이삭

땅을 벗어나 본 적이 없다
대대로 줄 쳐 놓은 울타리를
넘어간 적도 없다
여름비가 강물로 덮쳐도
땅을 붙들고 넘어질 뿐이다

안하무인 비가 물러가고
무릎 꿇은 벼를 일으키면서
농부가 스러진 희망을 세운다
함께 울고 함께 웃고
함께 죽고 함께 산다

그래서 벼는 농부의 자식이다
새벽부터 해넘이까지
배고플세라
벌레가 해칠세라

농부의 검은 얼굴은 여위고
주름 골은 깊이 팬다

키워준 땅과 하늘과 농부에게
머리 숙이는 벼를 보아라
혹 은혜를 버린 사람이라도
가을 들녘에 서면
익을수록 고개 숙이는 이치를 보리라.

먼동이 트면

해가 기지개를 켜면
저마다 나팔 소리에 귀를 연다
새들의 합창 소리
나뭇가지들의 수런거림 속에서
각자의 발걸음을 옮긴다

무거운 짐 진 자
병마에 시달리는 자도
어둠이 가시면 빛은 오리니
오늘 할 수 있는 일
내일로 미루지 말자

오늘의 착실한 내가
내일의 나를 안내하리라.

매미 소리

그해 누가 떠났는지
밤낮을 울어대더니

목청은 팍 주저앉았나보다
질긴 울음 보다 삭았나보다

잊은 듯 그러나
한 번씩 그리움을 외치지만
세상에선 아무 대꾸도 없다

그럭저럭 여름날은 저물고
또 내일을 기다린다

이 세상에 오기 전부터
이미 배운 그 길고 긴 기다림.

무서운 세상

공장에 가서 보라
눈 부릅뜬 쇠가 쇠의 살을 깎는다
그러나 쇠에 살그머니 기댄 채
쇠의 뼈를 녹이는 녹도 있다
눈 감으면 코 베던 시절 있었다

미친개가 달려와 물 때도 있다
성난 얼굴로 다가오는 사람보다
웃으며 다가오는 사람은 더 무섭다
감춰둔 방패를 빼앗기 때문이다
눈 뜨고 있어도 코 베는 시절이다.

섬 하나

맑은 날엔
멀리서도
네가 보인다

나를 보고 웃고 있는
네가 보인다

흐린 날엔
가까이에서도
너를 볼 수 없다

등 돌리고 울고 있는
네가 보일 뿐이다.

행주와 걸레

행주는 부엌에서
그릇의 안팎을 씻는다
걸레는 목욕탕에 쪼그리고 있다가
집 안팎을 닦는다

행주는 입 부근의 일이라서
걸레는 발바닥 부근의 일이라고
사람들이 깨끗하다 더럽다는
생각으로 나눈다

하루에 한두 번
행주와 걸레가 햇빛 속에서
젖은 땀을 말릴 때
둘은 서로의 마른 몸을 위로한다.

골목길에서

가면서 오면서
누가 빈 담뱃갑을 소리 없이 던진다
아이가 음료수 빈 깡통을 휙 던진다
자전거로 달리며 야한 명함을 뿌린다

나는 오면서 가면서
집 앞에 버려진 휴지를 줍는다
길바닥에 달라붙은 껌을 뗀다

같은 골목인데
누구는 쓰레기를 버리고 누구는 줍는다
외국영화에서 거리 꽃밭을 가꾸는 걸 보았다
누가 시켜서 하는 건 아니었다.

봄눈 속에서

도시에는 비가 온다는데
산속엔 흰 꽃들이 다투어 피어난다
오색 꽃들이 피기 전
지상의 더러움을 씻어내려나

캄캄한 어둠 속에서
동안거를 마친 새싹들이
막 감은 눈을 뜨려는 순간
그렇게 쉽게 보여주지 않는다

웅크린 손가락을 힘껏 내밀어 보는데
찬 눈송이가 어린 손을 잡는다
움찔하면서도 기죽지 않는다
땅속에서 쌓아온 꿈이 있기에

눈앞에 펼친
세상의 하얀 도화지 위에
그동안의 생각들을 그린다
푸르게 조금씩 푸르게.

세상 사노라면

한세상 살다 보니
수많은 것을 경험한다

쓴맛을 볼 땐 몸서리 쳐지고
짠맛을 볼 땐 온몸이 오그라들고
매운맛을 볼 땐 앞이 안 보이고
뜨거운 맛을 볼 땐 하늘이 노랗다.

제6부 수필

어머니의 물동이

"어디 다친 데는 없느냐?"
고 물어보시고 여기저기 살피신다. 그러시곤,
"아이고 이것아, 얼마나 아팠겠니?"

하모니카

얼마 남지 않은 인생! 황혼의 날이 갈수록 짙게 느껴진다. 이런 생각을 하다가 나는 다시 마음을 고쳐먹는다. 인생구십 고래희(人生九十古來稀)를 건너 100세 시대에 사는 우리가 아닌가? 여기에 부합하려면 무언가를 시도하고 끊임없는 노력이 필요하다 하겠다.

시와 수필을 쓰고, 작사 작곡은 물론 가수로서 바쁜 일정을 보내며 문학회에 나가 낭송도 한다. 그것도 모자라 고독과 외로움을 달래려 일주일에 두 번씩 음악 감상을 즐기지만, 왠지 하루 더 즐기고 싶어 하모니카를 배우기로 하고 초보반에 등록했다.

모든 것이 낯설고 분위기 역시 불편할까 염려했는데 아! 이게 웬일까? 선생님을 비롯하여 모두가 따뜻한 마음으로 환영해주셔서 무한한 감동을 했다. 그뿐인가 잠시 쉬는 시간에도 그곳 반장님이 손수 만든 튀김을 정성스럽게 가지고 와서 예의를 갖추어 앞에 나눠주는 게 아닌가! 그뿐만 아니라 또 다른 분들도 주일마다 갖가지 먹거리를 챙겨 와서 나눈다. 매우 감사했다.

선생님은 하모니카 스승으로서 너무 훌륭하시기에 느끼고 감동한 대로 이 자리를 빌려 말한다. 미남형에 항상 미소를 잃지 않고 지도하시고 개개인 지도도 너무 잘하시며 친절 또한 지나칠 정도다. 스승과 제자 사이를 떠나서 선생님이 직접 타 주신 차 한 잔 그야말로 뜨거운 감동을 한다.

내 인생 지금 이대로 헛되게 보내지 않고, 하모니카를 제대로 지도받아 나도 즐겁고 주위의 고독한 분들에게 웃음을 줄 수 있다면 얼마나 좋을까? 멋진 삶을 위해 최선을 다할 것이다.

남현우 선생님

인생 황혼길을 더듬으며 낯선 곳 이곳저곳 다니다가 양평하고도 수려한 산기슭에 정착하여 남은 생애 즐기려고 노래와 인연을 맺게 되었다. 모두가 낯설고 반기는 사람은 없었으나, 그래도 눈인사를 하며 반겨주는 나이 지긋한 어르신이 계셨기에 옆자리에 앉아 첫 노래를 불러보게 되었다.

선생님의 지도에 따라 노래를 부르는데 아, 이게 웬일, 마치 그 옛날 학창 시절로 돌아간 듯 발성 연습부터 지도하며 박자 맞추며 백여 명이 넘는 회원들 목소리가 한목소리가 아니던가. 나는 온몸에 전율을 느꼈다.

와, 선생님 지도력이 대단하시네! 첫 번으로 선생님에 대해 감동하였다. 몇 번 다니며 느끼는 분위기, 선생님을 비롯하여 회장, 반장 두 분의 통솔력과 회장님의 리더쉽이 대단하며 반장님 역시 모든 궂은일을 몸소 헌신적으로 보살핀다. 두 번째로 이런 분들이 있기에 노래 교실이 잘 운영된다고 생각하면 감동을 한다. 얼마 후 선생님이 갈산 공원에서 음악회가 있다고 초청을 하셨다. 낯선 곳을 더듬더듬 물어가며 찾아왔다.

아, 이게 웬일, 남현우 선생님이 밴드부 앞에서 지휘하시는 게 아닌가. 기막힌 실력에 또 감동을 했다. 뜻밖에 장애인들이 휠체어를 타고 나와 노래를 부르는데 MC가 소개하는 말, 그 장애인들은 남현우 선생님이 보살피는 분들이라고 했다. 나는 남현우 선생님이 이렇게 훌륭하신 줄 몰랐다. 그동안 노래 지도 잘하시고 색소폰만 잘하시는 줄 알았는데 나에게는 지나친 감동이었다.

노래 지도하실 때 보면 부지런하고 시간관념이 철저하시고 무엇보다 검소한 차림에 너무 존경스러운데, 날이 갈수록 나에게 감동을 자꾸 주신다. 그리고 마음이 아려오는 느낌, 한 곡을 지도하고 나면 목이 마르고 입이 타는 것을 물 한 모금으로 달래고 다음 곡을 계속해서 지도한다. 왜 그리 안쓰러울까! 하루 일정이 넉넉지 못한 시간인 줄 아는데, 어떻게 시간을 내서 가축까지 보살피는지 그 역시 참으로 감동적이다.

그것뿐이 아니다. 노래 교실 회비가 적다 보니 임대료 지불하고 전기료 등 지불하면, 청소비 쓸 능력이 부족해서 선생님이 직접 대걸레를 들고 넓은 공간을 청소하신다. 여성들이 사용하는 화장실까지 선생님이 하게 되니까 총무님이 한다. 그러고 보니 노인들 노래 교실 봉사하는 선생님의 진정을 담아 감사한다.

노래 교실 회원님에게 선생님께서는 한 번도 회원이란 단어를 안 쓰시고 꼭, 어머님들이라고 말씀하시는데 이렇게 마음이 뭉클할 수가 없다. 그뿐 아니라 옆에 있는 다른 노래 교실이 방학에 들어가 노래 부르고 싶은 분들도 부담 없이 오셔서 함께 즐기자고 하신다.

　이 폭넓은 아량을 베푸는 마음 그 무엇에도 비할 수 없다.
내 어찌 이렇게 훌륭한 선생님을 만나 짧은 시간이지만, 즐
겁게 보낸다는 것이 한없이 감사하다.

시어머님 고맙습니다

1959년 8월에 결혼하여 37년을 부모와 자식으로 연을 맺어 어머니를 모셨다. 친정에서 자랄 때의 환경과 너무 대조적인 환경으로 적응하기에 너무 어렵고 힘들어 때때로 도망치고 싶은 적도 많았지만, 어린 자식이 품속으로 파고들 땐 잠시나마 나쁜 생각 한 것을 후회했다. 시어머님 성품은 온화하셨고 말을 많이 안 하시며 착하시고 내성적이어서 모시는데 큰 마찰 없이 살림하는 데는 큰 어려움이 없었다.

그러나 자식이라고는 아들 하나이기에 보이지 않는 고통이 항상 떠나지 않고 머릿속에 머물고 있어 스트레스를 모면할 수 없었다.

결혼할 때 혼수를 만족하게 해오지 못했기에 외아들을 둔 어머니로서는 다른 집 며느리와 비교하시고, 말씀은 없으나 섭섭해하시는 것이 느껴졌다. 그래서인지 매사에 너그럽게 대해주시지 않았고 특히 임신해서 입덧이 심할 때 아는 병이라며 아니 아기 있을 땐 원래 그런 거라며 다 죽어가는 모습을 보면서도 태연하셨다.

이 모습을 이웃 아주머니가 보다 못해 이것이라도 먹어보라며 무언가 가져다준다. 그것을 먹고 난 후, 하늘이 노랗게 보이던 것이 앞이 투명하게 보이기도 했었다. 그리고 잘못이 있을 땐 지적을 하시면 좋으련만 내색은 안 하시고 외부에 나가 남들한테 하시는 것은 아연실색할 노릇이다.

그러다 보니 자존심도 상하지만 고부 사이가 점점 보이지 않는 벽이 두껍게 쌓여갔다. 다정한 모습으로 시어머니를 대할 용기가 나지 않고 모습도 음성조차도 멀어졌다. 지금까지 나열한 것은 시어머니 생전에 응석 삼아 푸념하고 싶었던 것을 썼을 뿐이다.

지면을 통해 하늘에 계시는 시어머니께 잘한 것보다 잘못한 것이 더 많았기에 용서를 빌고 싶다. 우리 시어머니의 훌륭한 점이 몇 가지 있다. 조용한 성품이기도 하지만 내 소유가 아니면 절대로 참견 안 하시며 만져보지도 않으신다. 어쩌다 며느리 방에 들어오시면 한편에 조용히 앉아계시다 나가신다. 무엇이 궁금하기도 하련만, 경대 서랍도 안 열어보시고 옷장 역시 마찬가지다. 아들 물건도 며느리 물건도 손주들 물건도 손대는 일이 없으시다. 그리고 용돈을 드리면 받으시지만, 본인을 위해 쓰시지 않고 어쩌다 손주들이 예쁘면 조금씩 주신다.

89세 마지막 임종을 몇 시간 앞둔 저녁이었다. 가슴이 답답하다고 하시기에 "제가 쓸어드릴까요?" 하고 말씀드리니 고개를 끄덕이셔서 조금 만져드리니 팔 아프다면서 그만하라고 다정하게 말씀하셨다.

결혼 후 시어머님의 다정함을 받아보기는 처음이기에 속으로 어머 이렇게 정겹게 해주실 때도 있네 하며, 마음이 너무 뭉클했다. 자정이 되어갈 때 옆에 앉아 보살펴 드리는데

"어미야!"

하고 부르시기에

"네, 어디가 불편하세요?"

"아니, 어미 피곤한데 옆에 누우라고."

"아니요 괜찮아요."

짧은 시간에 어쩌면 그렇게 정을 주실까!

그동안 쌓여있던 서운함, 가슴속에 굳어있던 돌덩이를 순간에 모두 녹여주신 어머님. 가시는 길에 다 풀어주시니 응어리 있던 곳에 따뜻함이 자리했고 지금도 생각하면 한없이 감사함을 느낀다. 운명하시기 전 그 짧은 시간에….

외할아버지 감사합니다

어릴 때 어머니와 이모가 외할아버지에 대해 말씀을 하시는 것을 어린 나이인데도 재미가 있어서 귀담아들었다. 어떤 면은 잘 모를 때 물어보면 이러이러했다고 말씀해 주시기도 하고 또 재차 궁금한 것을 물어볼 땐 어린 것이 뭘 그리 알려고 하느냐며 야단도 맞았다.

지금으로부터 100년이 훨씬 넘었을 때 그러니까 내가 태어나기 전 이야기다. 가정이 너무 어려워 많은 굶주림을 참지 못한 외할아버지는 바닷가에 가서 해초류나 조개 등으로 연명을 하며 살았다고 한다. 그 당시 일본이 우리나라를 빼앗아 우리는 일본의 식민지였다.

어느 날 일본에서 배 한 척이 입항했을 때 일본인 한 사람이 바다에 빠져 죽기 직전에 외할아버지가 구출했다고 한다. 그는 바로 우리나라에서 최고 높은 직위에 있는 일본인의 아들이라고 한다. 비록 우리나라를 빼앗은 일본인이라도 생명의 은인은 사례할 줄 알아 무엇이 제일 소원이냐고 하며 소원을 하나 들어준다고 했다. 외할아버지의 소원은 가난을 면함이 아니었던가. 가난을 모면할 아주 많은 돈을 주었다고 하며 그것뿐이 아니고 특권을 누릴 수 있는 무슨 증을 해주었다고 한다. 그 증명은 일본인들도 감히 함부로 대하지 못했고 무엇이든 부탁을 하면 이루어져 생활이 윤택해짐으로 인해 가난 때문에 배우지 못한 한을 자식들에겐 원 없이 풀었다고 한다.

어머니는 형제가 많았는데 외삼촌들은 일본 와세다대학 또는 명치대학을 졸업했고 딸들은 원산에 있는 일본인 학교를 나왔다고 한다. 그래서일까 작은 시골에선 가장 지식이 높은 어머니였다. 외할아버지는 정이 많은 분이었기에 가난에 굶주리는 분들을 많이 보살펴주었고 너무 어려워 가르치지 못하는 부모들의 심정을 잘 알고 학교도 알선해주고 똑똑한 아

이들은 일본에 가서 공부하도록 배려도 했다고 한다. 그뿐인
가 억울하게 옥살이하는 사람도 구출해주고 또 죄를 짓고 감
옥에 간 사람도 일본 순사에게 잘 말을 해서 모면하게 해주
기도 하고, 우리나라에 들어와 있는 일본인 그러니까 제일
높은 직위에 있는 사람과 친분이 두터운 관계로 어렵고 힘든
일을 해결하려면 할아버지가 꼭 나섰다고 한다.

  할아버지는 친일파와는 정반대로 우리나라 민족을 구하는
일에 기여하셨기에 해방 후에 별문제 없이 오히려 많은 혜택
을 받았다고 했다. 다만, 지난날 너무 가난하게 살았기에 윤
택하게 생활한 것이 흠이라고 할까 봐 할아버지 업적에 많은
감사함을 느낀다.

버스 기사님의 우정

수십 년 흐르는 세월 속에 모든 것이 변하는데 변하지 않는 우정이 매우 감동을 주어 글에 남기고자 한다. 전국적으로 버스가 수많은 인명을 싣고 시내는 물론 전국 구석구석을 누비며 안전을 책임진다.

언제나 버스에 오르면 시외버스나 시내버스나 마찬가지로 동일 회사 차가 지나칠 때면 한 번도 빠짐없이 손 흔들어 하루에 무사함을 빈다. 어떤 기사님은 거수경례를 하며 환한 웃음까지 곁들여 기쁨을 보낸다. 물론 회사 내에서 교육도 있었겠지만, 나이를 불문하고 행하며 대부분 기사님은 서로가 똑같이 모르는 기사가 많지만 행한다.

장거리(대구)에 갈 때였다. 마침 좌석이 앞자리여서 마주 오는 차를 모두 볼 수 있어 기사님들의 동태를 세밀하게 관찰할 수 있었다. 우선 내가 타고 가는 기사님을 유심히 보는데 종일 회사 차는 물론이고 타 회사 기사에게까지 손을 흔든다. 어머, 참 감동이다. 한두 대도 아니고 버스가 약 3분에 한 대쯤 지나가는데 한 대도 그냥 지나치는 차가 없었다. 대구까지는 3시간이 훨씬 더 걸리는데 버스 대수가 만만치 않은 대수였다. 중간에 휴게소에 머물렀을 때 기사에게 질문을 했다.

"기사님! 어쩌면 한 대도 그냥 지나치지 않고 손을 흔드십니까?"

기사는 웃음을 섞어서 하는 말,

"동일 회사건 타 회사건 우리 기사들은 귀한 생명을 모시고 다니기 때문에 하루의 무사함을 비는 마음이라"

고 한다. 나는 그 기사님의 훌륭함이 그 무엇에도 비할 수 없어

"기사님! 정말 훌륭하십니다. 정말 고맙습니다."

하고 머리 숙여 절을 했다.

그 후부터 버스 기사님들의 정신이라고 할까 깊은 우정에 박수를 보내며 시내버스를 탈 때나 시외버스를 탈 때면 버스에 오르면서 꼭 인사를 한다.

"기사님 고맙습니다. 아니면 수고하십니다."

라고 하면 기사님들에 따라서 어떤 기사님은 고개를 끄덕이며 답례를 하고 어떤 기사님은 환한 웃음으로 답례를 하고 어떤 기사님은 못 들은 눈치로 아무 답이 없다. 나는 가리지 않고 항상 버스를 탈 때는 습관적으로 인사함이 배어서 앞으로도 버스를 탈 땐 실행할 것이다.

버스 기사님들의 변치 않는 우정 너무 뜨겁기에 앞으로도 계속 이어지겠지만, 별명을 붙이고 싶다. '본드 우정'이라고….

별 경 구 슬 옥

하늘의 별과 땅의 구슬이 인연을 맺은 것은 83년 전 5월이었다. 세상에 태어나서 나의 고유 이름 내가 지은 자는 하나도 없으매 나도 조부님이 지어주신 이름이다. 하늘에 별이 땅에 구슬과 인연을 맺어 수십 년 지나는 동안 서로가 몹시 그리워하지만 만난다는 것은 상상조차 못 하는데 별은 구슬이 그리워 하늘에서 땅으로 내려오는데 수억만 리 오는 세월 무려 80여 년이란 세월이 흘렀다.

한편 구슬은 별이 한없이 그리웠지만, 감히 만난다는 것은 상상도 못 하고 그저 한평생 마음에 담고 살았다. 이름이 같이 있었다면 마음먹은 대로 뜻을 이루었을 텐데 지난 세월이 아쉽다. 하늘에서 별이 내려올 때 구슬은 땅에서 수많은 역경을 헤쳐나간다. 우여곡절, 파란만장 나날이 기쁨과 즐거움보다 이겨낼 수 없는 고통, 어떻게 말로 다 할 수 있을까!

너무너무 견디기가 어려울 땐 이승을 떠나고 싶을 때가 종종 스치곤 했지. 그렇게 저렇게 지난 세월 어언 80여 년이 지났을 때, 소리 없이 별이 늦게나마 와주어 짧은 행복이라고 할까!

하늘에서 가지고 온 선물 옥은 그 선물 덕에 이루지 못한 재능을 80이 넘은 나이에 몇 가지 소원을 이루었다. 젊어서 누린 자들은 나이 때문에 접는데, 반대로 나는 늦게 재능을 나타냈으니, 비단옷 입고 밤길 가는 것과 같아 누가 알아보겠는가!

가슴에는 소리 없는 이슬비가 내린다. 정신적 고통, 마음에 고통, 육체적 고통 짧은 남은 시간에 띄워 보내고 인생 끝자락 값지게 보내리라.

어머니의 물동이

6·25가 일어나고 그 이듬해 5월 말경의 일이다. 동네 아주
머니들이 약 10리가 훨씬 넘는 곳에 물동이를 사러 옹기점으
로 간다고 한다. 14세 어린 소녀가 그들을 따라가고 싶어 어
머니에게 허락을 받으려고 말씀드리니, 어머니 말씀이

"00야"

"네!"

"동네 아주머니들은 험한 시골길에 익숙해서 물동이를 이
고 잘 오지만 너는 나이도 어리고 물동이를 이고 오지 못한
다. 더군다나 다 떨어진 신발을 신고 어떻게 따라간다고 하
니?"

"어머니, 나 잘 갔다 올 수 있어요. 어머니 돈 좀 주세요."

한참을 망설이다가 어머니는 10원을 내어 주시면서 잘 갔다 오라고 하셨다. 소녀는 너무 좋아 소리를 지르며,

"아주머니들 나하고 같이 가요. 어머니가 물동이 사라고 돈도 주셨어요."

한 아주머니가 조심스럽게 말한다.

"너를 데리고 가면 빨리 못 간다."

고 말한다. 어떤 아주머니는

"그렇게 가고 싶어 하는 걸 어떻게 떼어 놓고 가요"

"00야 가자. 그런데 길이 너무 험해서 그 신을 신고 갈 수 있겠니? 10리도 넘는 길인데"

소녀는 그래도 간다고 했다. 5월 말경이라, 한참 해가 길고 무척 더웠다. 소녀는 땀이 너무 나서 눈을 뜰 수 없었으나, 아주머니들에게 걱정을 안 끼쳐드리려고 뛰다시피 따라 갔다. 뜨거운 태양을 안고 가다 보니 얼굴은 새빨갛게 익고 숨은 턱에 찼다. 너무 힘들어서 순간, 후회 아닌 후회를 했다.

"어머니 말씀을 들을걸."

옹기점에 도착하니 그제야 배가 고팠다. 시원한 우물물로 배를 채운 소녀는 아주머니들을 따라 물동이를 골랐다. 마침 한쪽 구석에 작은 물동이가 눈에 띄었다. 아이고 예뻐라, 냉큼 가서 끌어안았다. 예쁜 물동이를 사서 머리에 이고 집으로 향했다. 한 아주머니가 소녀를 보고 말을 건넨다.

"00 야, 너 물동이를 이어보지도 못했을 텐데 어떻게 집에까지 가겠니?"
"괜찮아요, 집에 갈 수 있어요."

소녀는 너무 기분이 좋았다. 길이 멀어도 자신감이 생겨 어른들을 따라갔다. 그런데 아까 올 때와 달리 어른들을 따라갈 수가 없었다. 머리에 물동이를 이었으니 빨리 걸을 수가 없어 한참 뒤처져 가는 데 한 아주머니가 중얼댄다.
"너는 같이 오는 게 아닌데, 걸음을 못 걷잖아."

그 말을 들으니 미안한 마음도 들고 속이 상했다. '조금만 더 빨리 걸어야지.'

그런데 이게 웬일인가. 그만 큰 돌에 채여 넘어지고 말았다. 물동이가 박살이 났다. 소녀는 앞이 안 보였다.

"아휴! 이를 어떻게 하면 좋아, 옹기점으로 다시 가서 사정하고 하나 얻어 볼까?"

그러나 너무 많이 왔기 때문에 그러지도 못하고 소녀는 울면서 집으로 걸어왔다. 배고픈 것도 잊어버리고 어머니에게 뭐라고 말을 하나 한 번도 어른들을 화나게 해본 일이 없기에 집에 가기가 너무 두려웠다. 어머니의 화난 모습이 그려지고 야단을 맞다 못해 회초리까지 맞을 것만 같아 너무 무서웠다. 어느덧 집 앞에 닿았다. 집에 못 들어가고 대문턱에 앉았는데, 한 아주머니가 내 손을 잡고 어머니에게 가서

"돌에 걸려 넘어지는 바람에 물동이를 깨뜨렸다."
고 말해준다. 어머니는 딸아이의 모습을 보고
"어디 다친 데는 없느냐?"
고 물어보시고 여기저기 살피신다. 그러시곤,

"아이고 이것아, 얼마나 아팠겠니?"
양쪽 무릎이 모두 깨져 피를 얼마나 흘렸는지 발바닥으로 흘러내린 피가 신발 바닥까지 흘러내려서 빨간 고무신이 되어버렸다. 어머니 눈에는 눈물이 고이고 피를 닦아주시면서 물동이 깨진 것은 말이 없으시고, 그저 다치지나 않았나? 걱

정이시다.

"가지 말라고 했는데 왜 갔느냐?"

고도 안 하셨다.

소녀는 너무 겁에 질려서 무릎이 깨진 것도 모르고 배고픈 것도 모르고 아픈 것도 못 느꼈다. 어머니의 지극한 사랑에 눈물이 나고 고마움에 가슴 벅찼다. 그때야 통증이 몰려와 몹시 고통스러웠다. 어머니에게 걱정을 끼쳐드린 것이 미안하기만 했다. 그러면서 나에게는 어머니가 계신다는 것에 대한 행복을 새삼 느끼게 되었다.

어린 소녀의 지혜

80이 훨씬 넘은 나인데 그 옛날 어릴 때 생각이 나 쓴웃음 지으며 회상해 본다.

10세 미만의 어린 소녀, 어른들의 생활에서 빚어지는 여러 가지 일들이 너무 괴로워 해결 방법을 생각해보았으나 묘책이 없었고 어른들이 사이좋게 지내야 집안 분위기 따라 자녀들이 즐겁게 지낼 텐데 시시때때로 불안하고 눈치만 살피게 된다.

어머니와 큰어머니를 객관적으로 평할 때 어머니는 내성적이며 말이 별로 없으시고 행동도 느리시고 큰어머니는 성격이 급하셔서 참는 성격이 아니다 보니 자주 마찰이 생기며 서로 참고 견디신다. 어머니도 좋은 분이고 큰어머니도 좋은 분인데 성격 차이는 어쩔 수 없어 어찌할거나.

소녀는 무엇이 생기면 누구도 모르게 감춰 두었다가 몰래 큰어머니에게로 가서
"큰어머님! 이거 잡수세요."
"그게 뭔데?"
하신다.
"어머니가 큰어머니 갖다 드리래요"
"아니, 너의 엄마가 웬일로 나를 주라고 하니"
큰어머니는 활짝 웃으시며 좋아하신다. 며칠에 한 번씩 반복해서 그렇게 하면서 아, 어머니도 그렇게 해드려야지 하며 무엇이 생기면

"큰어머니가 어머니 드리라고 주셨어요"
했다. 얼마가 지난 후 큰어머니가 집에 오시면서 환한 웃음을 지으시며
"여보게, 나 왔어."
그러시니까 어머니 역시 반응이 좋으시며

"아이고, 형님 오셨어요?"

　하시며 반색을 하신다. 전에 없이 마지못해 하는 인사와는
전혀 차원이 다르다. 집안 분위기가 너무 좋다. 큰어머니가
먼저 말을 꺼내신다.

"지난번에 자네가 00편에 보내준 것 아주 잘 먹었네"
어머니는 의아한 표정이었으나, 눈치 빠른 어머니,

　"조금 드려서 죄송해요"

　하시며

"형님도 저 먹으라고 00편에 주신 것 잘 먹었어요"
큰어머니 깜짝 놀라시며

"내가 언제 나 준 거 없는데…"
맘이 흐려지며 나를 흘끗 보시더니

"아이고, 저 00년이 동서 사이 정 붙여 주려고 00이가 꾸민
것이네"

　하시며 두 분이 손을 마주 잡으시고

"우리 두 사람 사이좋게 지내세"

　저 어린 것이 얼마나 마음이 괴로웠을까! 큰어머니 말씀,

"나는 너무 급하고 괄괄한 성격이 흠이고 자네는 내성적으로 되어 시시때때로 꽁하고 했는데 우리 서로 반반씩 양보해서 사이좋게 지내세"

"네, 형님 그렇게 할게요"

그 후로 많은 세월이 흘렀지만, 동서 사이를 떠나서 친형제처럼 지내셨다. 소녀가 결혼하기 전까지 가끔 어머니는 저 어린 것이 그런 생각을 해서 가정이 화목하고 다른 가정에 모범이 되었다고 하셨다.

너무 강하면 부러진다

자녀교육이란 엄하고 강하게만 가르친다고 해서 모두 훌륭하게 자라는 것은 아니라고 생각하기에 한 가지 예를 들어 적어 본다.

1980년도 초, 우이동 00 중학교에 입학한 어린 소년, 솔밭을 지나 집으로 오는데 잠적해 있던 깡패를 만나 협박을 당한다. 며칠날까지 00을 안 가지고 오면 쥐도 새도 모르게 죽이겠다고 한다. 그리고 아무에게도 말하지 말라고 하니, 새파랗게 질린 어린 녀석 밥도 제대로 못 먹고 잠도 제대로 못자고 학교도 가기는 가지만 공부가 제대로 머릿속에 들어올 리 만무하였다.

하루 이틀이 지날 때마다 그 아이의 타는 가슴 어떠했을까! (아이고, 가엾어라. 나는 눈물이 났다) 깡패들이 정해준 날이 다가오자 아이는 머리가 반 이상이 왔을까 친구 집에 가서 친구 엄마의 지갑에서 돈을 훔쳤다. 후유, 내일 죽이지는 않겠지 하며 집에 왔으나 시간이 얼마 지난 후 친구 엄마가 불러서 갔는데 돈을 왜 훔쳤느냐고 하자 울면서 사실대로 말하며 잘못을 빌었다.

친구 엄마는 용서해 줄 만도 했는데 전혀 인정사정없이 어린놈이 벌써 도둑질을 한다며 바늘 도둑이 소도둑이 되기 때문에 그냥 넘어갈 일이 아니라며 경찰에 신고해서 소년은 경찰서에 갔다.

그제야 사정을 알고 부모가 오고 학교에 연락이 가서 학교에서 학부모들이 아이의 장래가 있기 때문에 그냥 있을 수 없다고 했다. 소년의 엄마는
"이놈아 왜 엄마한테 말을 하지"
하자 소년 하는 말이 평소에 항상 엄마 아빠가 너무 무서웠기 때문에 맞아 죽을까 봐 말을 못 했다고 했다.

학교에서 학부모들이 소년원에 보낼 수 없다며 경찰서에
학부모들이 모두 탄원서를 제출하여 아이는 무사히 풀려나
왔다.

　나는 이 사실을 듣고 부모가 너무 강하게 엄히 다스린다고
해서 모두 잘되는 것이 아니라고 깨닫고 강과 약을 적당히
곁들여야 미연에 방지할 수 있다고 느꼈다.
그리고 집에서 오 남매에 엄마는 때에 따라 누나, 혹은 언니,
아니면 친구도 되어 줄 수 있으니 모든 어려움이 있을 때는
혼자 고민하지 말고 다 털어놓으라고 하며 다 해결할 수 있
다고 했다.
　이 소년 부모가 너무 엄하게 키우지 않았으면 이런 일은 없
었을 것이 아닌가!

칭찬의 효능

물이 거꾸로 흐를 수 없듯이 세월 역시 거꾸로 갈 수 없음이 세상 이치가 아니던가! 세월이 주는 대로 사양 않고 받은 나이 너무 많다 보니 조금 전에 한 일도 깜박깜박 잊을 때가 많다. 그러나 웬일일까, 그 옛날 어릴 때 일들이 생생하게 생각나며 어른들에게 사랑받으며 배운 몇 가지 일들 뼛속까지 깊이 새겨져 지금도 잊히지 않아 요긴하게 실행한 것이 첫째로 칭찬이었다.

남녀노소를 막론하고 칭찬 들으면 모두 기분 좋아한다. 어릴 때 어른들에게 별로 잘한 것도 아닌데 칭찬을 해주시면

참 기분이 좋았다. 어린 마음에 칭찬을 들을 정도로 잘한 것이 아닌데 칭찬을 해주시니 다음에 무엇을 잘해서 또 칭찬을 들어야지 하며 00을 가지고 할머니한테 가서

"할머니"
"내가 이거 만들었어요"
'아이고, 고년 아니 어른들도 생각하지 못하는 것을 어린게 해냈네, 저게 커서 무엇이 되려고 저러누. 아이고, 기특한 녀석' 하시며 온 집안 식구는 물론 남들한테도 칭찬하시며 자랑을 하신다.
어린 나는 왜 그리 기분이 좋을까 할머니는 잘 못 하는 것은 묻어주시고 잘하는 것은 누구한테도 그렇게 하신다.

아, 나도 할머니처럼 해야지. 그 후 어린 시절을 지나 수 없는 세월이 흘러 수십 년 살아오면서 할머니의 값진 교훈 요긴하게 실천하며 많은 효력을 얻었다. 어린이는 그들에 맞게 어른들에게 맞는 칭찬, 학생들은 훌륭한 모범생이 되라 하고 노인들 등 여건에 맞추어 평을 한다. 칭찬이란 비싼 물품이 드는 것도 아니고 말에 밑천이 드는 것도 아닌데 조금만 마

음을 열면 주위에 많은 사람 기분을 살려 주어 생활에 많은 활력소를 주는 것이 아닌가 싶다.

살아오면서 많은 일이 있었지만, 칭찬만은 보람 있다고 생각되며 글에 남기고 싶어 책에 기록하게 되었다.

천당과 지옥이 따로 있나

　인간은 이 세상과 저세상 사이의 경계선을 넘어서는 순간 천국이나 지옥을 볼 수 있다고 하겠다. 그러나 이 세상으로 다시 돌아와서 저세상의 모습을 보았다고 증명할 사람은 아무도 없다. 그러기에 저세상은 누구도 모르기에 더욱 신비하게 느껴진다.

　한세상 사노라면 헤아릴 수 없이 많은 역경을 이겨내고 또한 기쁨을 맞으며 산다. 단맛을 실감하며 기분을 느끼고 즐거움에 빠질 때는 천당 같은 시간을 보내고 뼈를 깎는 아픔을 이겨내야 하고 쓰린 마음 달래며 앞이 캄캄함을 느끼는 고통을 겪을 땐 지옥이 따로 없다. 이는 저세상 가서 겪는 것이 아니고 이미 이승에서 모두 실감하고 가는 것이 아닌가!

이승과 저승도 하루에 한 번씩 혹은 여러 번씩 경험한다고 생각한다. 오늘 일과를 끝내고 잠이 들면, 이승을 떠나 저세상에서 영혼은 자유로이 쉬다가 눈을 뜨면 또 이승을 맞는 것이 아닌가 생각한다.

부모의 지혜

남녀가 결혼하면 슬하에 자녀가 생기기 마련이다. 자녀를 잘 키우려면 가정마다 키우는 방법이 다르기에 어떤 가정은 엄하게 키우는 집이 있고 때에 따라 고성을 지르며 매로 가르치는 집이 있다. 아이의 비명으로 내 살이 찢어질 듯 아픔을 느끼는데, 왜 그 방법으로 아이들을 가르칠까 어른들은 한 번쯤 자랄 때 생각을 한다면 매를 들 수가 없다.

화를 내고 매를 든다는 것은 아이의 버릇을 고치려고 함이 아니고 본인 자신이 화가 나니까 화풀이로 고성을 지르고 때리는 것이다. 화가 나지 않았을 때는 절대로 때리지 않는다.

부모가 지혜를 짜서 소 잃고 외양간 고치는 식으로 하지 말고 미연에 방지를 하며 결과론을 말하지 말고 순리를 설명해서 아하, 그렇구나. 그러면 안 된다고 하며 막는다.

손녀딸이 사춘기에 접어들어 여러 가지로 힘들 때 미리 예방한다.

"00야! 이리와 할머니 말 좀 들어 봐"

"왜요? 할머니"

"내가 하는 말 잘 들어, 너는 이 세상에서 하나뿐인 제일 값비싼 도자기야 똑같은 도자기는 없어. 고유의 도자기. 누구든지 갖고 싶어 하니까. 값비싼 도자기 하나뿐 이기에 잘 간직해야 한단다. 먼지가 묻어도 안 되고 기스가 나도 값이 내려가고 이가 빠지면 그냥 가지고 가라 해도 안 가지고 간단다. 그러니 정신 차려. 조심조심 소중하게 간직해야 한다."

고 당부하니 영특한 손녀딸, 할머니 말씀 다 이해하니까 조심조심하겠노라고 해서 지혜로서 도자기에 비교해준 것이 보람을 느끼며 학교에서 집에 오면

"아이고! 값비싼 도자기, 조심조심해서 먼지도 안 묻었네. 앞으로도 잘 간직하길 바란다."

"우리 할머니가 최고야, 할머니 고마워요."

의좋은 형제

그 옛날 어려서 자랄 때 6, 7남매가 컸다. 성장해서 각자 결혼해 살다 보니 자주 만나지는 않았으나 가끔 만나면 헤어지기 아쉬웠다. 세월이 흘러 서로가 사는 곳이 사방으로 흩어져 점점 만나기 어렵고 또 이별도 생겼다. 지금 곁에 사는 동생은 정이 많고 마음씨도 착하고 매사에 빈틈이 없어 형제는 물론 친구 사이도 대단한 우정을 유지하고 있다.

몇 년 전부터 내가 몸이 좋지 않아 거동이 불편하다 보니 (시각장애 4급) 외출하는 것부터 먹는 것 등 일거수 일동을 본인 일 취소하고 보살펴준다. 때로는 친구한테 싫은 소리를 들으면서도 나를 보살펴 줄 때 마음이 울컥해진다. 어떤 형

제가 제 몸도 아프면서 손발이 되어주고 건강까지 보살펴 줄
수 있을까 허리가 아파서 앉지도 못하는 데 내가 좋아한다고
인천까지 가서 옥수수를 사 오는데 무거우니까 구루마를 끌
고 가서 사다 나를 먹이니, 마음이 울컥하며 눈시울이 뜨거
워진다.

　80이 된 아우야, 정말 감사하다. 내가 무엇으로 보답할 수
있을까! 내가 무 악보 작사가, 작곡가로서 가사만 올린다.

　하늘에서 내려왔나
　땅에서 솟아났나
　혈육이 뭐길래
　혼신을 다해 섬기네

　눈과 손발이 되어주고
　건강까지 보살피니

　내 어찌 잊을 수 있나

　저세상 간다고 해도 잊지 않으려고
　잊지 않으리.

위대한 복지관 대표

1959년도부터 서울에서 살기 시작하여 반세기 넘게 살고 2016년도 양평에 인연을 맺어 살고 있다. 모두가 낯설어 마음 붙일 곳 없어 양평 읍내 복지관에 다니기로 마음먹고 물어물어 찾아갔다.

그곳 역시 낯설고 반겨주는 이 없어 서먹하기 그지없었으나 몇몇 어르신들이 어서 오시라고 하며 친절하게 대해주시더니 대표님을 소개해 주셨다. 어르신들 말씀 김00 대표님은 우리 복지관에 많은 어르신(약 200명)에 갖가지 취미생활을 즐길 수 있도록 섬세하게 안내를 하신다고 했다. 처음 방문한 나로서는 복지관을 잘 선택한 것 같아 어르신들 말씀대로 대표님의 자세한 안내를 받아 노래와 악기를 즐기기로 했다.

일주일에 2~3회 다니면서 인맥도 쌓고 대표님과 많이 가까워져 복지관에 관한 여러 가지를 터득했다. 대표님에 대하여 어르신들의 말을 귀기울여 볼 때 우리 복지관은 대표가 노인들을 극진히 섬기기 때문에 복지관에 나오면 행복하다고 하시며 10여 년이 넘게 무보수로 보살핀다고 대단히 높게 칭찬을 하시며 점심도 자비로 사드신다고 한다. 그뿐인가 내가 조그만 금액이지만 후원금을 대표님께 전달했을 때 대표님은 나도 한다며 후원까지 하시는 것을 보고 몇 가지 감동하여 우리나라에 대표님 같은 분이 또 있을까 싶어 높이 존경하는 마음으로 머리가 저절로 숙어졌다.

그리고 대표님 하시는 말씀, 본인도 70이 훨씬 넘으셨는데도 불구하고 항상 대기하고 있겠노라고 하신다. 지난 10월 2일 노인의 날 행사에 초대받아 갔을 때 김00 대표님, 양평군 복지관 대표로서 지극정성으로 노인들에게 봉사하신 노고에 관해 경기도지사상을 수여하셨다.

대표님이 이 자리에 오르기까지 가정에서 음으로 양으로 내조해주신 훌륭한 사모님이 계셨기에 더욱 결과가 빛났다고 생각한다. 다시 한번 감사드리며 힘찬 박수를 보내드린다.

정 넘치는 양평 군민

그 옛날이 그리워라. 눈도 좋았고 걸음도 정상 걸음이었는데, 몇 년 전부터 눈에 녹내장이 심해 수술도 못 하고 약물치료에 의존하며 가까스로 넘어질세라 조심조심 외출을 하는데 주위 사람들이 보기에 넘어질 것 같아 조심스레 부축을 해준다. 어떤 분은 길도 건너 주고 심지어 집을 물어보며 집까지 데려다준다고 할 때 너무 감동하여 눈시울이 뜨겁기도 하다.

한 달에 두 번 내과 안과 정기적으로 병원을 가는데 병원 선생님을 비롯하여 간호사들도 그렇게 친절할 수가 없고 처방을 받아 약국엘 가면 약사 선생님(00 약국) 약을 짓다 말고도 잽싸게 달려와 부축을 하며 서너 계단 조심스레 안전하게 건네주고 조심해서 가시라고 인사하고 잽싸게 가서 약을 짓는다. 감사한 마음 그 무엇으로 답할 수 있을까 고마운 마음 뼛속까지 스민다.

그뿐인가 노래 교실(OO 교실) 약 3년 다니며 느낀 사랑도 뜨겁다고 표현하고 싶다. 그곳 역시 갈 때 넘어질 듯 뒤뚱뒤뚱 걸어갈 때 어떤 어르신

"아이고, 쓰러지겠어요, 거기 서서 계세요. 제가 부축해 드릴게요."

"아이고, 고맙습니다."

그분의 부축을 받으며 가는데, 그 어르신 나 보고 몇이냐고 물어보신다.

"저요? 84예요. 어르신 얼마 되셨나요?"

"나도 92살이에요."

"아이고, 부끄러워라. 제가 모셔야 하는 나인데 연세 높으신 어른께 부축을 받다니 너무 부끄럽습니다."

그 어르신도 노래 교실을 다닌다고 하신다. 3년 다닌 노래

교실 분위기 가족이 따로 없다. 약 80명 인원 하나같이 정이 넘치는 것 역시 감동이다. 잠시 쉬는 시간엔 떡이며 음료수며 빵 등을 가져와서 나눈다. 이런 화목한 분위기를 어디서 경험할 수 있을까 노래도 즐기고 쉬는 시간도 즐기고 선생님 지도에 따라 마음에 쌓인 괴로움도 모두 날려 보내고 집으로 돌아갈 땐 분위기 100점이라고 하고 싶다. 다음 만날 날을 기다리며 아쉬운 작별을 한다. 나는 '우리는 가족'이라고 제목을 달아 작사 작곡을 했다.

우리는 가족이야

행복이 가득한 교실에는
웃음이 넘치고
사랑이 넘치고
나눔이 넘치네

쌓인 노래 함께 부르며
내일을 기원하니

우리는 가족이야
정 많은 가족이야

우리 모두 행복 합시다
우리 모두 건강 합시다.

제7부 수필

산 넘어 그곳엔

인생 속아서 사는 것을 실감한다.
얼마나 많은 고개를 넘어 지금까지 왔던가.

경험의 값진 효력

무엇이든 행하고자 할 땐 경험이 없으면 성공률이 낮다. 경험을 여러 번 한 뒤에 행하면 뜻을 이룸이 아닌가.

경험 없이 집행하는 일은 조심 또 조심이 중요하니 신중히 결정해야 한다고 생각한다. 헤아릴 수 없는 세월 속에 전 세계적으로 많은 인재가 갈고 닦아 이루어 낸 발명품들. 오늘에 즈음해서 생각해 볼 때 수많은 기계며 갖가지 물건이 생활에 필요를 주니 모두가 시작부터 중간에 포기하지 않고 끝까지 연마했기 때문이라고 생각된다.

무엇이 제일 무서운가! 이 세상 모든 생명은 인간을 비롯하여 수많은 짐승과 말 못 하는 식물까지 세상에 태어나고 싶어서 나온 것은 아니다. 자연의 이치에 따라 모든 생명이 번식하게 되어 있어 세상과 자연재해를 비롯하여 인간사회는 생명을 위협하는 장애물이 곳곳에 널려 있다. 아차 정신 차리지 못하면 생명을 잃게 된다. 그러나 그런 것들은 조심하면 얼마든지 피할 수 있으나 사람이 정작 두렵다.

정과 의리로 사는 세상에 정이 떠나고 원망이 쌓이고 원한이 깊어지면 부모가 자식을 살해하고 자식이 부모를, 형제를, 친구 등을 해친다. 어디 그것뿐인가! 사람이 사람을 죽이려고 핵무기를 만들어 나라 전체를 삼키려고 하니 무엇이 제일 무서울까? 사람이 제일 무섭다.

자연재해는 수마를 비롯하여 몇 가지 있지만, 인간의 무서움에 비할 수가 없다는 생각이 된다.

숫자와 그림

종이에 적혀있는 숫자와 그림은 인간보다 더 대접을 받는다. 사람은 누구든지 싫어함이 없으니 대단한 지폐다. 그것을 얻으려고 죽을힘을 다해 고생하는 인간들. 각 방면으로 이리 뛰고 저리 뛰고 뼈를 깎는 아픔을 참고 잠도 거르고 축 처진 몸으로 지폐 몇 장을 품에 안는다. 기분은 좋았으나 오래 머물러 있으면 얼마나 좋을까! 몇 장의 지폐가 쌀가게로 가고 학교로 가고 망가진 것은 수리도 하고 몇 장이 다 나가 버린다.

에구머니, 조금은 내 손에 남아있을 줄 알았는데 너무 허전하다. 몸이 아프다. 그래도 나가서 일해야 또 지폐 몇 장을 손에 쥘 수있다. 그래야 오늘을 살고 내일을 살고 몸이 안 좋아도 쉬지 않고 일을 해야 하니, 한낱 종잇조각이 뭐길래 고생을 벗 삼아 오늘도 뼈를 깎는 아픔에도 숫자와 그림을 상상하며 일을 한다.

꿈이여 다시 한번

세월이 흐르고 흘러 몇십 년이 지났건만 그때가 생생하게 떠올라 쓴웃음 지으며 몇 자 적어본다.

80이 훨씬 넘어 머지않아 90이 되는 나이인데 마치 엊그제 같은 느낌이다. 30세가 되든 해 3월 초 4번째로 출산하여 슬하에 4남매를 키우며 시어른 두 분 모시고 가정주부로서 눈코 뜰 새 없이 생활하다 보니 나라는 존재는 너무 힘들었다. 큰아이가 10살이고 2년 차로 태어나 모두 어머니가 보살펴야 하는데 자식이 뭔지 힘이 들어 쓰러질 것 같은데도 왜 그렇게 예쁜지 수시로 웃음이 나와 고통을 잊는다.

어느 날 밤 아이들이 잠들고 조용한 틈을 타 나 자신을 돌아봤다. 머릿속에 쌓여있는 많은 꿈, 하나도 이루지 못해 아쉬워서 혼자 흐느꼈다. 흐느끼는 도중에 옆을 바라보니 난데없는 궁전에 내가 있고 사방에 눈부신 물건들이 많고 어디선가 나를 보고 소원이 이루어질 테니 다 말하라고 한다. 나는 고맙다고 하며 하나씩 하나씩 말을 하니 말하는 대로 다 이루어졌다.

음식을 잘한다며 요리사가 되고, 글이 쓰고 싶다니까 작가가 되고, 노래를 부르고 싶다니까 가수가 되고, 그림 교사 등 다 이루었다. 그래도 몇 가지 못 이룬 것이 있는데 그것은 다음에 해준다고 하며 어디론가 사라져 버렸다.

나는 몇 가지 소원을 이룬 것만으로도 너무 좋아 노래를 부르고 궁전이 너무 아름다워 돌아보는 순간 그만 잠에서 깼다. 울면서 잠이 들어 그런 꿈을 꾼 것 같다. 그런데 지금도 지워지지 않는 이유를 분석해 볼 때 꿈속에서 이루어진 몇 가지 소원 늦게라도 이룬 것이 아닌가 생각한다.

산 넘어 그곳엔

한세상 사노라면 헤아릴 수 없는 역경에 부딪힌다. 쉬운 것이 하나도 없으며 뼈를 깎는 아픔을 겪어야 원하던 바를 이루고 쓰라림과 인내심이 내일의 삶을 열어감이 아닌가!

희망을 품고 살아감에 있어 뜻을 이루는 것보다 실망이 더크고 또 그것을 이기려고 몸부림친다. 인생 고개 저 산을 넘으면 좋은 일이 있을 거야 하는 마음으로 산을 넘는다.

아이고, 가시넝쿨 헤치며 벌레한테 물리기도 하고 잔돌을 잘못 디뎌 넘어지기도 할 때 손바닥이 찢어져 피가 흐를 때도 있었다.

어찌어찌하여 산등성에 올라 그곳에서 내려다보니 생각한
대로 그런 곳이 아닐진대 인생 속아서 사는 것을 실감한다.
얼마나 많은 고개를 넘어 지금까지 왔던가. 그런데 웬일일
까! 마지막 산을 넘으니 생각했던 대로 원하던 대로 조금은
이루었다. 모든 것 포기하고 황혼길 걸을 때 그래도 이룬 것
이 있으니 끝까지 포기 안 한 것이 득이 되지 않았나 싶다.

늦게 핀 황금꽃

　세월의 흐름은 누구도 막을 수 없어 내 인생 어느새 반세기가 훌쩍 넘어 인생 끝자락 머지않아 어둠이 온다.

　해가 있어야 길을 가듯이 꿈틀대는 머릿속의 보물들, 세상 구경 못 하고 마음에 담고 떠나려 했다. 해가 중천에 있을 때라야 모든 것을 성사시킬 수 있는데 천금 같은 세월 모두 놓치고 70이 훨씬 넘은 나이에 모든 것 포기하고 시시때때로 생각날 때마다 나 자신이 너무 아까워 몸부림칠 때가 종종 있을 때 우정 깊은 친구들이 70이 넘었어도 늦지 않다고 권해서 용기를 내어 문학을 시작했다.

　머릿속에 꽉 저장되어 있는 글로 시를 한 편 두 편 쓰다 보니 한두 달, 석 달, 아니 몇 달이 지나지 않아 첫 시집을 발간하게 되었다. 그로부터 또 얼마 지나지 않아 두 번째 시집을 발간하고 몇 달 지나 수필을 쓰기 시작하여 그 역시 수필집을 발간했다. 아, 이게 웬일일까. 80이 가까운 나이에 그 누구의 도움 없이 홀로 일궈낸 것에 나 자신도 신기했다.

살다 보니 여러 가지 여건에 부딪혀 몇 년 쉬었다가 82세 어느 날 글을 쓴 것이 노래 가사로 괜찮기에 어느 작곡가에 주려고 했다가 아는 작곡가도 없고 할 수 없이 혼자 머릿속에 한 소절씩 외워서 곡을 만든 것이 어느 기성 작곡가 못지않게 훌륭하다는 평을 들었다.

그리하여 7~8곡을 작사 작곡을 하며 직접 노래도 부르며 음반도 제작하고 저작권까지 획득했다. 몇 달 만에 기적이 아닌가 싶다. 못다 이룬 꿈 모두 성취할 수 없으나 마지막으로 시와 수필을 곁들여 마지막으로 4번째 작품집을 발간할 것이다.

무에서 유를 찾아 홀로 발굴해서 오늘에 이르러 이 세상에 몇 가지 남기고 가는 것이 발걸음이 무겁지 않을 것이다. 급성으로 늦게 뛰어들어 일궈낸 꽃들. 시와 수필 대상을 받았고, 무 악보 작곡가, 작사가가 되고, 많은 분에게 노래를 선사하는 음반 제작까지 하게 되었다. 아무것도 없는 황무지에 여러 가지 꽃을 피웠다고 할까! 이 꽃들을 황금꽃이라고 이름 붙이고 영원히 지지 않을 것이라고….

무 악보 작곡가로서 계속 곡을 만들고 싶고 어느 기성 작곡가도 머릿속으로 한 절 한 소절 외워서 하는 작곡가가 없다기에 무 악보 작곡가로 히트 치고 싶었으나 마음뿐이고, 해가 없어 어둠이 오는데, 부질없다고 생각되어 꿈을 접었다.

티끌 모아 태산이라 했던가

한 세상 사노라면 수 없는 역경을 이겨내야 한다. 세상에 태어날 때 저마다 타고난 운명대로 살아감이 아닌가. 마음씨 성격 모두가 제각각 가는 길이 다르다. 나 역시 어릴 때 자라면서 체험한 것 중에 몇 자 적어본다. 동네 사람들이 우리 집을 부잣집이라고 했다.

주위에 가난한 집이 많아 꽁보리밥도 제대로 못 먹는다. 어느 집 젊은 아기엄마는 배가 고프면 등에 아기를 업고 4살짜리 아이를 데리고 온다. 정이 넘치시는 우리 할머니는 불쌍하다며 하얀 쌀밥을 차려준다. 4살짜리 아이는 옷도 제대로 못 입히고 맨발에 신발도 없이 다니다 보니 연한 살이 돌에 찔려 피도 나고 무릎도 깨지고⋯. 아이고 불쌍해라. 나는 눈물이 났다. 그 당시 내 나이 9세 소녀 내가 나한테 약속을 했다. 이다음에 커서 어른이 되면 할머니처럼 불쌍한 사람 보살피겠다고.

그러나 모든 여건이 맞아야 한다. 결혼해서 시어른 두 분을 모시고 슬하에 자녀가 생기고 식구가 10여 명이 되고 보니 마음먹은 대로 행해지지 않았다. 그렇게 살아온 세월 20여 년이 훌쩍 넘어 40대 후반이 되니 내가 나한테 약속한 것을 제대로 이행하지 못하여 수시로 생각날 때마다 마음이 개운치 않아 아주 조그마한 액수라도 모아서 이행하자 하는 마음으로 생각한 것이 목욕비부터 모아보자 하는 마음으로 88올림픽 그해부터 목욕을 집에서 하고 모아 보았다.

아, 이게 웬일일까! 한 달에 5회 가던 목욕비 몇 달 되니까 어려운 집 학생 신발도 사주게 되고 양말 등 보람있게 쓰게 될 때 왜 그렇게 기분이 좋았을까! 해가 갈수록 목욕비는 오르고 몇 달이 지나 모은 돈을 세어보면 제법 쏠쏠하다.

1년이 10년이 되고 10년이 30년이 넘어 티끌 모아 태산이라 하더니 액수가 몇백만 원이 되었다. 형편에 따라 후원금을 지불하는 데 주로 노인복지관, 학생들, 폐지 줍는 할머니에게 지불한다. 어려서 내가 나한테 약속한 것을 지켰다는데 큰 보람을 느낀다.

 지난 5년 전에 시골로 이사와 산골이다 보니 목욕을 한 번 가려고 하면 택시를 불러 타고 가야 해서 목욕비와 돌아올 때 또 택시를 타야 해서 2만 원이 소비된다. 그러면 일주일에 1회 한 달이면 4회 목욕비가 8만 원이 모인다. 1년이면 96만 원 5년 동안 모은 목욕비 약 5백만 원을 어려운 분들에게 베풀고 보니 너무 보람을 느껴 기분이 너무 좋다.
 세상 마감할 때까지 계속할 것이며 작은 액수라도 값진 힘이 될 것이다.

험난한 세상살이

한세상 사노라면 헤아릴 수 없는 험한 것을 겪어야 한다. 내가 나를 모르는데 누가 나를 알겠는가! 개똥밭에 굴러도 이승이 좋다는데 그런데 왜 스스로 이승을 떠날까? 수많은 생명이 있어도 이 세상 오고 싶어 온 자는 하나도 없다.

하루하루 살아감이 노력 없이는 살 수 없어 높은 산들도 올라야 하고 깊은 물도 건너야 하고 가시에 찔리기도 하는 등, 많은 고초를 겪어야 하는데 그래도 이승에 조금이라도 더 머물기를 바란다. 그러나 자연이 주는 몇 가지만은 피할 수 없어 처절함을 겪어야 함이 슬프다. 병마가 쓸고, 장마가 쓸고,

풍마가 쓸고, 화마가 쓸고, 지진까지 겪어야 하니, 정말 세상살이 험난하다. 그뿐인가 널려있는 것들이 모두 나를 위협하는 장애물이 아니던가!

아차, 정신 못 차리면 목숨을 잃는다. 하루하루 살아감이 너무 힘들다. 그뿐인가 인간들의 많은 잘못으로 목숨을 잃는 일이 너무 많다. 오늘 뉴스에서도 아침 식사하고 출근한 가장이 오후에 시신으로 오다니 하루하루 산다는 것이, 아니 내일을 예측 못 해 불안한 세상살이 그래서 험난한 세상살이라고 한다.

양념과 감칠맛

음식의 맛을 내기 위해 쓰는 양념은 재료 그 자체가 깨끗하고 신선해야 한다. 음식을 만들 때 재료가 가지고 있는 좋은 향기와 맛은 그대로 살리고, 좋지 않은 맛은 상쇄시키기 위하여 양념을 사용한다. 즉, 좋은 냄새는 살리고 나쁜 냄새는 없애거나 약하게 하기 위하여 파 생강 계피 소금 등을 적당량 넣는 것이다.

음식에만 양념이 필요해서 감칠맛을 냄이 아니다. 세상에는 다양한 물체들이 많은데 나름대로 양념이 모두 첨가해야 제구실을 한다고 생각한다. 어느 물체가 하나 있을 때 나름대로 걸맞은 양념을 첨가하고 모양을 만들고 색깔을 입히고

정성껏 다듬어서 선보일 때 비로소 감칠맛을 볼 수 있어 감
탄사가 절로 남이 아닌가 싶다.

빠른 세월 속에 내 인생

내 인생 막상 쓰려고 하니 어디서부터 써야 할지 망설여진다. 수십 년 살아오며 겪은 일들 모두 쓰려면 책 몇 권은 될 것이다. 그러나 간추려서 몇 페이지 남길까 한다.

일찍 결혼해서 슬하에 5남매를 두었다. 2년에 한 명씩 낳다 보니 33살까지 5남매를 낳아서 기르는데 잔병도 치르고 시어른들이 계시다 보니 식구는 항상 약 10여 식구가 된다. 날이 갈수록 일은 점점 많아지는데, 지금 생각하면 그때 그 시절 어떻게 살았는지 쓴웃음이 나온다. 시어른 연세가 있으셔서 물렁물렁한 음식에 매우면 안 되고 오 남매 중 어떤 녀석은 야채를 안 먹고 어떤 녀석은 육식을 안 먹, 남편은 밥도

고실고실해야 하고, 아아! 지금 생각하면 삼시 세끼 어떻게 밥상을 차렸는지 모른다.

  세월은 빨리 흘러 아이들이 중고등 학생이 되었다. 고3짜리를 대학에 보내야 하는데 어느 학교 무슨 과를 보내야 할지 그것이 항상 머릿속을 맴돈다. 그것뿐인가 도시락도 몇 개씩 싸야 하니 하루가 어떻게 가는지, 내 인생은 간곳없어 몸이 아파도 치료도 제대로 못 했다.

  날이 갈수록 대학시험은 다가오는데 어미로서 아무것도 도움이 될 수 없어 그저 가슴에 손을 얹고 기도밖에 없었다. 대학 운이 있어서 들어갔다. 마치 세상을 얻은 듯 나만 대학 보낸 것 같은 느낌으로 모든 고생이 스르르 녹아내렸다.

  얼마 지나고 나니 밑에 녀석이 고3을 올라가니 아이고 쉴 새 없이 또 뒷바라지를 하는데 그렇게 하기를 10여 년이 넘게 세월을 보내는데, 하나 대학 보내고 어휴 하고 돌아서면 또 하나가 고3으로 올라가고 지금 생각하면 그래도 그때가 좋았다. 어떤 녀석은 대학 시험날 독감을 몹시 앓아서 시

힘을 제대로 못 보았기에 대학 못 갈까 봐 어미로서 해준 것
이 없어 오직 나름대로 설마 몸이 부서지랴 싶어 자정에 떡
을 찌면서 간절하게 빌고 새벽 3시에 떡시루를 이고 절에 가
서 부처님께 올리고 또 내려오면서 지나치는 사람들에게 떡
을 나누어 주고 아이의 학교로 가 정문에서 두 손 모아 간절
히 기도하고 집에 와서 밥을 지어 먹였다.

　나의 특색은 기도를 아무도 몰래 해야 했다. 그래서 더 힘
들었을까? 자식은 다 똑같은데 어느 녀석은 그놈이 그놈이지
그런데 내려갈수록 점점 더 힘들었다. 이 녀석 대학 갈 땐 좀
힘들었다. 그래서 누구의 말을 듣고 그곳에 가서 기도를 하
면 소원을 이룬다기에 결심을 하고 양평 용문에 00절에 찾아
가 기도를 하기로 했다. 산신각에 자정에 올라가 108배 절을
10번 해보라고 한다. 소원을 이룬다는데 그보다 더 어려움도
할 텐데 하는 결심으로 절을 하는데 성냥개비 10개를 옆에
놓고 108배 한번 끝날 때마다 1개비씩 옮겨놓았다.

　6~7백 번 하고 나니 다리에 마비가 와서 앉았다가 일어났
다가 힘들었지만, 소원을 이룬다는데 이것보다 더 어려운 것
도 할 텐데 하는 마음으로 결국은 이루었다. 새벽 3시가 넘어

서 내려오는데 다리가 움직여지지 않아 스님의 부축을 받고 내려왔다. 지금 생각해 보면, 그때 그랬지. 그래서인가 소원을 이루었네 하며 웃는다.

남은 녀석들도 나름대로 정성을 다해 보살폈는데 너무 힘든 것은 그 누구도 몰래 행하는 것이다. 내 나름대로 느낌이 그랬다. 지금은 자식들이 환갑이 넘고 막내도 50이 넘었건만 몇십 년이 지났어도 말을 하지 않아 모르고 있었는데 이제 이 글을 읽는다면 엄마가 우리를 위해서 많은 정을 주었다고 하겠지….

지난 몇십 년을 돌아보니 내 인생은 없었고 인생 끝자락에 아무런 희망이 없었는데 그래도 머릿속에 쌓여있는 여러 가지가 변치 않고 있었기에 무에서 유를 찾아 홀로 캐낸 값진 몇 가지 그 누구의 지도도 받지도 않고 이루어 낸 것이 내 자신만은 뿌듯하게 생각한다.
아직도 세상 밖의 빛을 못 본 것이 몇 가지 있으나 해가 있어야 길을 가듯이 인생 수명이 끝자락에 와 있어 안타깝기 그지없으나 머릿속에 담고 갈 것이다.

하늘이 내린 효부

수없이 흐른 세월 속에 별별 경험 다 했지만, 하늘이 내린 효부라고 생각되어 글에 남긴다.

약 3~4년 전에 깊은 인연은 아니지만, 가끔 만나 대화를 나누다가 시집살이한 이야기를 하게 되어 몇십 년 전 나의 인생 허무하게 보낸 말을 하게 되었다. 듣고 있던 박00 선생님 빙그레 웃으며 우리 집사람은요 우리 어머니 중풍으로 누워 계신 어머니 수발 약 32년을 20대부터 50이 넘도록 평생을 바쳐 모셨다고 했다. 나는 듣는 순간 어머, 세상에 하며 눈시울이 뜨거웠다.

그 아까운 세월 바깥세상 모른 체 오직 어머니 곁에서 보살

펴드렸다니 아유 정말로 머리가 숙어진다. 단잠을 제대로 자
봤을까 밥을 맘 놓고 먹을 수 있었을까! 내 생활은 만사 접고
살았음이 너무 가여웠다. 게다가 형제 가족까지 거느렸다니
말을 할 수 없다. 내 식구도 힘든네 그런 분이 있는데 시부모
모신 것은 아무것도 아니다. 부끄럽기 그지없다.

　마음씨까지 고운 그분 남편이 직장에서 저녁에 퇴근해 집
에 와 아내를 부르며
　"여보! 오늘도 어머니 모시느라 수고 많았소"
　하면
　"괜찮아요"
　한다고 한다. 다른 여자 같으면 온종일 쌓인 스트레스 남
편한테 푸념하련만…. 지금도 바깥을 잘 나가지 않는다고 한
다. 이제 환갑 넘긴 그녀를 생각하면 많은 교훈을 얻어 스승
같이 느껴진다. 요 얼마 전에 어느 노인의 날 행사에서 12년
중풍 부모 모셨다고 해서 효부상을 내렸다.

　나는 생각했다. 10년이 아니고 20년도 아니고 32년을 모
셨다고 하면 대통령상도 부족하게 느껴진다고. 몸을 가누지

도 못하는 시어머니 식사 수발 대소변 수발 목욕 수발 등 일
거일동 보살피다가 내 인생 간곳없어 눈물로 세월을 보냈다
고 생각된다. 나는 왜 이렇게 부끄러울까! 그저 한없이 존경
스러울 뿐….

정이란 무엇인가

세상을 살아감에 있어 마음으로 생각으로 엮어진 형태 없는 정으로 살아감이 아닌가 싶다. 부모와 자식 사이 형제 또는 가까운 친척을 비롯하여 많은 사람과 연을 맺어 서로 정이 오가며 따뜻함을 느끼며 생활을 즐김이 아닌가! 필히 피와 살이 섞여야만 변치 않고 오래감이 아니라고 믿는다.

어느 택시 기사님의 정 깊은 사연을 소개해 볼 때 둘도 없이 친한 친구가 있는데 보통 정이 아니다. 한 분이 손님을 모시고 장거리를 다녀오게 되면 시간이 많이 소요되어 3~4시경에 와서 점심을 먹게 된다. 기사 한 분이 아무리 시장해도 친구를 기다렸다가 같이 식사를 한다고 한다.

하루 이틀이 아니고 한두 달이 아니고 1년이 지나도 변함 없는 두 분의 우정을 생각할 때 가족도 할 수 없는 그 누구도 할 수 없는 대단한 우정에 깊은 존경을 느낀다. 정이 뭐길래 모든 인내심으로 친구의 정을 누릴까!

마술 손

　30여 년 정든 곳 떠나 낯선 곳에 정착해서 둥지를 틀었으나, 좀처럼 적응하기 어려워 후회 아닌 후회도 하면서 나날을 보냈다. 어느 날 친한 분의 소개를 받아 미용실을 갔다. 크지도 작지도 않은 아담 사이즈 몸매에 미모가 아름다운 이 원장. 인정 많고 상냥하고 항상 웃음으로 손님을 즐겁게 해 준다.

　이 원장은 손님들의 개인 형태에 맞춰 얼굴형에 따라 두발과 스타일을 꾸미는데, 와! 마술 손이라고 절로 감탄사가 나온다. 헤어스타일만 잘 연출시킴이 아니고 취미로 즐기는 악기 다루는 손이 보통이 아니다. 악기도 하나둘이 아니고 기

타 피아노를 비롯하여 색소폰 드럼 장구 등 7가지 악기를 다룬다.

　내 나이 80이 넘어 많은 인연을 맺어 훌륭하고 재능 있는 사람 많이 봤지만, 이 원장은 도저히 따를 수 없다. 몇 번 가서 보고 느낀 점을 말하면 상냥하고 인사성 좋고 누구를 막론하고 문만 열어봐도 차 한 잔 마시라고 하고 부지런하고 청결하기 이를 데 없고 많은 고객을 모두 즐겁게 해 주고 무엇이든 있으면 베풀기를 좋아한다.

　무엇이든 솔선수범하여 더 남에게 보여주려는 자세가 참으로 훌륭하다. 나이 많은 내가 부끄럽고 갈 때마다 감동하는 것이 많아 매우 존경한다. 무엇이든 남에게 모범을 보여 마음으로 박수를 보낸다.

8·15 광복

　많은 세월이 흘러 70여 년이 지났건만 그때가 지워지지 않고 머릿속에 생생하게 남아있어. 어린 8세 소녀 그 당시 느끼고 경험한 것을 기록해 본다.

　8세에 입학을 하여 학교에 다니는데 센세이(선생님)에 모두 일본인들이었다. 어린 우리 반 학생들은 일본어 하는 친구가 없어 담임으로서 많이 힘들었을 텐데 한국어를 조금 하다 보니 그런대로 지도를 잘했다고 생각한다. 집에서 부르는 이름과 학교에서 부르는 이름이 달라 출석 부를 때 많이 힘들었다. '마쓰무라 꼬격구' 하고 부르면, '네' 하고 대답하면 일본말로 '하이'하라고 한다. 담임이 비록 일본인(후미꼬 센세이)이지만 인상이 좋고 정이 많아 학교생활이 다닐 만했다.

책은 전부 일본 책으로 국어책, 산수책, 국어책은 '아 이 우 에 오' 등으로 나가고 산수책은 '이찌, 니. 산, 시' 등으로 배웠다. 그럭저럭 적응을 하며 잘 다니고 있을 때 난데없이 죽을 고비를 겪었다. 홍천 학교에는 교직원이 약 20여 명 되는데 그중에서 가장 무서운 센세이(선생님)인 하라토카 센세이가 옆으로 지나만 가도 자지러진다고 했다. 그런데 이게 웬일일까, 아무 잘못도 없고 그냥 서 있기만 했는데 성큼성큼 내게로 다가오더니 머리를 쓰다듬으며 귀엽다고 했다. 그 순간 너무 무섭기도 하고 얼마나 놀랐으면 오줌을 지리기도 했다. 그 후부터는 학교 가기가 무서운데 그렇다고 안 갈 수도 없고 '아이고, 어떻게 하면 좋을까…'

몰래몰래 다니다 또 한 번 귀엽다며 쓰다듬어 주었는데, 처음처럼 충격은 받지 않았고 무서움도 덜했지만, 워낙 무서운 하라토카 센세이라 지금 세월이 많이 흘렀어도 생생하게 기억이 난다.

그럭저럭 다니다 보니 방학을 맞았다. 집에 있을 때 8 · 15 해방을 맞았다. 어린 8살짜리가 아무것도 모르고 해방이라는 것도 해방이 무엇인 줄도 몰랐다. 그러나 8 · 15해방이 되었다고 온 동네 사람들이 감춰두었던 태극기를 꺼내 가지고 나와 조선독립 만세를 불렀다. 나는 그제야 일본이 우리나라를 빼앗아 살았다는 것을 알았을 때 어린 마음일지라도 일본 사람들이 죽이고 싶을 정도로 미웠다. 나쁜 사람들 아니, 나쁜 놈들이라고 욕을 했다. 그리고 우리나라 사람들 대단하다는 것을 높이 평했다. 어른들 말씀을 들어보면 집집이 태극기를 감추어 뒀다가 모두 꺼내 가지고 나와 만세를 부르는 것을, 일본 사람들이 알았더라면 목숨 부지하기 어려웠다고 한다.

나는 할머니께 여쭤보았다. 그리고 동네 어른들 말씀하시는 것도 들었다. 일본이 자그마치 36년을 빼앗아 살았는데 이승만 박사가 미국하고 독립을 위하여 나라를 찾았다고 한다. 나는 아이고 고맙습니다고 했다. 그것뿐인가 미국은 지금의 아프리카보다 더 어려운 우리나라 국민을 위해 원조를 해주었다. 안남미, 쌀, 밀가루, 황설탕, 분유 등 많은 물자를 지원해줘 생활했다.

나는 지금 생각해봐도 그때 어린 소녀였지만 그래도 그때를 잊을 수 없고 나라를 찾아준 이승만 대통령, 그리고 미국을 영원히 가슴속에 간직하리라.

부모와 자식

이 세상이 모든 생명체 번식을 하게 되어 있기에 나 역시 내가 세상에 나오고 싶어 나온 것 아니고 부모로 하여금 태어나 나 자신도 부모가 걸어온 세상살이 그대로 살고 있다.

어려서 부모 슬하에서 사랑받고 자라 많은 행복을 느끼며 살고 있을 때, 마음에서 우러나오는 대로 부모님께 효도해야지 하였으나 험한 세상 살다 보니 마음먹은 대로 행하지 못한 것이 마음에 걸린다.

'아버지 어머니 자식 된 도리 지키지 못해 죄송합니다.' 자식으로 마음이 그러한데 내가 막상 부모가 되고 보니 입장이 다르다. 험한 세상 헤쳐가며 살아가는 자식들을 보면 한없이 마음이 아프며 너희들 고생하는 것이 다 이 어미 탓이라고 생각할 때 자식들이 가엾다.

 살벌한 세상살이 뼈를 깎는 아픔을 참으며 벌어온 돈 엄마 용돈 쓰라고 주면 나는 못 쓴다. 자식들의 일생 다 책임 못 지고 먼저 떠나는 어미. 어찌 눈을 감을까 싶어 시시때때로 마음이 저려온다. 자식 노릇도 하고 부모 노릇도 하지만, 자식들 보고 어떻게 효도하라고 하나. 짐승들도 새끼를 낳으면 키워주는 것으로 의무를 다하는데 사람으로서 어찌 키운 대가를 바랄 수 있나. 오직 나만의 생각일 뿐이다.
 그저 세상 떠날 때까지 건강하고 행복하게만 살아주길 비는 어미, 자식들 끝까지 보살피지 못하고 떠남이 너무너무 처절하다.

사람(人) 팔자, 개(犬) 팔자

세상살이 조용히 생각해 볼 때 운명을 잘 타고나야 한다는 것 잘 안다. 헤아릴 수 없는 사람들, 한날한시에 태어나도 사람들 모두 각자 타고난 팔자대로 살아감이 아닌가. 모두 잘 살다 가고 싶어 머리와 육신을 온 힘을 다해 세상과 싸우며 살아간다. 아무리 노력해도 하루하루 살아감이 너무 버티기 힘든 세상, 그런가 하면 쉽게 세상을 살아가는 팔자도 많다.

나 하나가 아니고 책임질 숫자가 늘어나면 하루가 어떻게 가는지, 한 달이 어떻게 지났는지, 일 년이 어떻게 지났는지, 너무 화살처럼 스쳐 가는 세월 속에 내 인생은 허무하기 그지없다. 대다수 사람은 세상살이 너무 힘들어도 하루라도 더 머물고 싶다고 한다. 그러나 너무 견디기 어려워 스스로 떠나는 사람이 있는가 하면 상상 밖으로 타인으로 인해 갑자기 세상을 떠나는 자들도 있다.

　세상살이 허무함을 느끼며 살아가는 사람과 달리 개들은 어떻게 살고 있나! 개들 역시 각자 타고난 팔자대로 산다. 팔자 잘 타고 난 개들은 사람보다 호강하며 산다. 사람에게 사랑받고 사는 개들. 사람처럼 고생 안 해도 먹을 것 걱정 안 하고 귀염만 받고 산다. 사랑받는 개들 사람하고 같이 살며 사람도 못 누리는 행복을 누린다. 심지어 어떤 개는 사람이 업고 다니며 사람도 못 먹는 고기, 과자, 빵 등을 먹고 산다.
　그러나 팔자 사나운 개는 사람의 먹잇감이 되기도 하니 천차만별. 그 무엇이 헤아려 줄 수 있나, 세상 사는 이치 사람이든 개든 타고난 팔자대로 살아감이 아닌가!

6·25 전쟁

　전쟁 속에 고통 안 겪은 사람 없으련만 사람 따라 몹시 고생한 사람이 더 많다. 나 역시 13세 어린 나이에 총소리를 피해 3살 된 남동생을 업고 밤길에 20리를 가는데, 지금 생각해 보면 어떻게 갔는지도 모른다. 험한 산길 돌에 걸려 넘어지기도 하고 작은 도랑을 건널 때는 미끄러지기도 하고, 총소리는 가깝게 들려 죽을 것만 같고 등에 업혀있는 동생 다칠세라. 아이고, 무슨 정신으로 갔는지 모른다.

　하루 사이에 생활이 하늘에서 땅으로 추락한 격이다. 집에서 흰쌀밥에 전깃불 밑에서 고생을 모르고 살았는데, 농사짓는 촌으로 피란을 오고 보니 방이라고는 흙방, 다 낡은 재직 바닥에 등잔불도 없고 마당에 모깃불 피운 것밖에는 없다.

아이고, 어떻게 살아. 하루도 못살 것 같았는데 웬걸 인민군들이 들이닥치니 겁밖에 나는 것이 없고 제발 잡아가지만 않으면 좋겠다고 생각했다.

하루 사이에 하늘에서 땅으로 떨어졌다고 할까, 전깃불 밑에서 흰쌀밥 먹고 어제는 살았는데 오늘은 먹을 것이 없고 배가 고프기 그지없다. 동네 할머니가 여러 집에서 감자 한 바가지 갖다주는 것을 먹으며 그렇게 저렇게 살다 보니 9·18 또 총소리 속에서 인민군은 이북으로 후퇴하고 아군이 들어왔는데 우리가 사는 것은 비참하기 그지없었다.

갓 태어난 동생부터 열 살 미만 동생이 4명 여러 남매 어디로 이동도 못 하고 어머니, 아버지 너무 불쌍해서 도와 드리려는 마음은 있으나 내 나이 너무 어려 동생들 보살피는 것밖에 아무것도 못 했다. 그럭저럭 몇 달이 지나고 나니 또 1·4후퇴 아군이 물러가며 인민군과 중공군이 쳐들어옴이 아닌가, 아군 총소리 인민군 중공군 총소리 속에서 살아난다는 것이 상상이 안 된다. 하늘에서는 쌕쌕이라는 비행기가 폭격해서 여기저기에 불이 나고…
동네 어른들이 방공호를 지어주어 날만 새면 방공호 속에서 사는데 지금 생각하면 참 기적의 운명이라고 생각한다. 밥도 제대로 못 먹고 온종일 방공호 속에 있다가 해 질 무렵 내려오면 배가 고픈 건지 아닌지 분간이 안 된다.

중공군 인민군들이 말죽을 쑤는데 말죽 속에 콩이 드문드문 있어 그것을 건져 먹기도 하기도…. 방공호 속에 있을 때 중공군 장교가 빼꼼히 들여다보더니 너무 불쌍해 보였는지 어머니와 대화를 하는데 어머니가 중국말을 못 하니까 한문으로 써서 주고받고 고개를 끄덕이더니 얼마 후에 쌀을(따미) 갖다주었다. 어머니는 고맙다고 하면서(쎄쎄) 인사를 했다. 지금은 그 중공군 장교 모습이 생생하다. 키가 자그마하며 인상이 좋아 잊히지 않는다. 어머니가 원산에 있는 학교 00 고녀를 나오셔서 그런지, 유식하셨기에 중공군한테 쌀을 얻어먹다니….

얼마 후 아군이 다시 들어오며 인민군과 중공군이 후퇴를 하고 도망가는데 서로 총을 쏘아 중공군이 쓰러지고 인민군이 쓰러지고 인민군이 쓰러지고 아군 역시 쓰러져 세상을 뜨는데 군인들만 총을 맞는 것이 아니고, 어떤 아기엄마도 총을 맞고 피투성이가 되어 죽었다. 등에 있던 아기는 엄마가 죽은 줄도 모르고 악을 쓰며 울어댄다. 어느 미군 병사가 달려와 아기를 안고 가는데 아기는 엄마만 불러 미군 병사가 아기를 달래며 사라졌다. 그 아기 생전에 있다면 70이 조금 넘었을까 싶다.

6·25 난리 4번이나 겪으면서 온 가족이 생존해 있다는 것이 무한히 감사하다. 전라도, 경상도 분들에게 드리고 싶은 말. 인민군, 중공군 총소리와 폭격으로 처참하게 쓰러져 세상 떠나는 사람 등 경험 못 한 것이 6·25를 다 겪은 것이 아니기에 행복하다고 생각한다. 그리고 잊히지 않는 고마움. 지금의 아프리카보다 더 가난한 우리나라를 미국을 비롯하여 세계 17개국에서 싸워줬기 때문에 오늘에 행복을 느끼며 잘살고 있는데, 그분들이 많은 생명을 바쳐줬기에 무한한 감사를 드린다. 남의 나라를 위해 목숨을 바친다는 것 잊을 수 있나!

6·25 이후에 태어난 우리 국민은 경험하지 않아 인정하기 어렵겠지만, 남쪽 반 토막 나라 찾아준 은혜는 길이 기억하고 싶은 마음이다.

꿈과 눈물로 빚어낸 사랑의 메타포

- 네 번째 작품집 『고목에 피는 꽃』

張 鉉 景

〈시인, 수필가, 문학평론가〉

꿈과 눈물로 빚어낸 사랑의 메타포

- 네 번째 작품집 『고목에 피는 꽃』

張 鉉 景

〈시인, 수필가, 문학평론가〉

1. 글머리에

가느다란 나뭇가지에 타원형 녹색 이파리가 여기저기 맹아(萌芽)로 돋아나, 꽃잎이 받침 되고 받침이 꽃잎 되어 서로 한 몸으로 자주색 꽃을 피워 올리며 그윽한 향기 흩날리는 봄을 그리며, 민경옥 시인의 시 세계를 그려본다. 무릇 시인들은 그동안 삶을 살아가며 좋은 일과 더불어 가슴에 맺힌 한과 외로움이 많아 이것을 극복해 가는 데는 시(詩)만큼 더 좋은 것은 없으리라.

한별 시인은 고희(古稀)를 지나 산수(傘壽) 고개를 넘기면서 보이지 않게 어려운 환경 속에서도 글쓰기를 멈추지 않아 오늘날에도 그 흔적을 드러내고 있다. 고향의 추억, 자연에 대한 관찰, 삶의 고찰 등을 작품으로 담아내는 시인은 작가의 내면세계를 직관적 감성으로 쉽고 겸손하게 풀어내는 모습을 보여주고 있다.

민경옥 수필가는 고희를 지나 꾸준한 습작으로 시 부문 신인상을 수상한지 1년이 지나자 첫 시집 『늦게 뜬 별』을 발간하게 되어 기쁘기 그지없다. 돌아보면 시인은 그사이 수필도 등단하여 시인 수필가로 거듭나게 되었다. 희수(喜壽)를 지나 시집, 『녹슬지 않는 꿈』과 수필집, 『나의 작은 우주』를 발간하였고 문학상 본상과 대상 그리고 작가상과 공로상을 받아 중견작가로 명성을 얻게 되었다.

작가가 나름의 노력으로 여러 작품집을 갖게 된다는 것은 매우 기쁜 일이다. 오늘날 사건이 많은 사회적 상황에서 문인이 미수(米壽) 성상(星霜)에 이르기까지 숱하게 어려운 고비를 넘겨 왔음을 우리는 기억해야 할 것이다. 산수를 지나며 문학사에 남을 시와 수필을 곁들인 문학 작품집을 남기겠다는 결심으로 또 한 권의 책으로 상재(上梓)하게 된 시집, 『고목에 피는 꽃』에는 한별 수필가의 인생역정이 잘 펼쳐져 있다. 무기력한 삶을 살아가는 사람들에게 밝은 심리를 그려 인간관계에 대한 좋은 인식을 심화시키는 작품이라 하겠다. 또한, 민경옥 시인도 생활의 서정을 통해 인생에 대한 관조적 태도를 견지하고 오늘의 현실을 미화시키려는 노력을 시심(詩心)으로 표출해 나가고 있다 하겠다.

2. 삶의 무게와 고뇌(苦惱)의 즐거움

이른 봄부터 늦가을까지
갖가지 꽃들은 아름다운 자태를 뽐내며
오가는 길손들의 사랑을 받는다

꽃들이 사랑받을 때
억새는 천덕꾸러기 신세

발길에 이리 채이고 저리 채여 슬펐으나
늦가을 제철을 맞아 몸매를 키우며

엷은 황금색 옷을 입혀
눈부시게 아름다운 자태를 뽐낸다

가을바람에 은은한 가락까지 들려주니
꽃들 못지않은 자태로 사랑을 받는다

인간도 스스로 맞는 기회가 있음을
깨닫게 함이 아닌가.

-- 「억새」

　가을바람에 이리저리 흔들리는 억새를 시화하고 있다. 시
적 화자의 분신에 해당하는 가냘픈 억새에서 시인은 비수와
오기를 발견한다. 그 연약한 억새가 비수를 품고 오기로 무
장하고 있는 것은 방해 세력들로부터 자신을 지키기 위해서
이다. 나아가 햇빛과 바람이 연약한 억새를 보호해 주고 있
다.

　그리하여 억새는 무엇을 지향하고 있는 것일까? '이른 봄부
터 늦가을까지/ 갖가지 꽃들은 아름다운 자태를 뽐내며/ 오
가는 길손들의 사랑을' 받을 때, 억새는 천덕꾸러기 신세로

슬펐으나 몸매를 키워 황금색 옷을 입고 아름다운 자태로 춤을 춘다. 마치 신들린 춤으로 서걱서걱 은은한 가락으로 하얗게 춤을 춘다. 결국 시인은 억새를 통해 색깔의 오염이 없는 무념무상의 춤으로 무량한 자유를 추구하고 있다.

불러도 불러도

대답 없는 그대여
허공에 이름 석 자 띄우고
말없이 소리 없이
사라진 그대 못 잊어

오늘도 불러본다
그대 이름 석 자
그대를 못 잊어서
소리 없이 운다.

-- 「그대 그리며」

일상에서 불러보는 그대 이름 '불러도 불러도// 대답 없는 그대여'로 애절함을 뿜어내며 화자는 시적 이미지화를 시도하고 있다. 사랑의 본질적 가치 속에 내포된 평범함을 허공에 띄운 이름 석 자로 외치고 있다. 사랑에 대해 그대를 못 잊어 하며 일관된 이미지를 만들어내는 시적 탐구의 깊이 또한 평범하지 않다. '오늘도 불러본다/ 그대 이름 석 자.' 이 말은 그대와 내가 사랑으로 융합이 된 신뢰를 바탕으로 하나를 이루어야 한다는 아름다운 교훈을 담고 있다.

낯선 곳 낯선 집에
어느새 여러 해 지내다 보니
가슴에 쌓이는 외로움과 정

시간이 흐를수록
우울증이 짙어갈 때
이웃 사람들의 정이
마음을 채워주고 녹여준다

시시때때로
형제와 자식 생각에
그리움이 쌓이는데

즐겁게 보살펴주니
이웃사촌이란 말이 아니
이웃 형제라고 말하고 싶다

그 누가 이웃사촌이라 했든가!
마음 깊이 실감하며
오늘도 그들이 즐겁게 해주었기에
자식들의 그리움을 잊는다.

-- 「이웃사촌」

  노후에 이사한다는 것은 쉬운 일이 아니다. 집을 사고팔거나 먼 곳으로 이사한다는 것은 더욱더 그렇다. 오늘날 이기주의로 치닫고 있는 현실에서 자신보다 타인을 위해 산다는 것은 성직자가 아닌 이상 어려운 일이 아닐 수 없다. 이 시를 읽으면서 화자의 고결한 인격에 대해 잠시 생각에 잠기게 된다. 한 편의 시에는 시인의 마음속에 진솔한 언어의 옷을 입은 자아(自我)가 그려져 있기 때문이다.

  이 작품에서 언급하고 싶은 말에 '먼 친척보다 가까운 이웃

이 낫다'는 보편적인 의식을 확인한다. 가까운 이웃끼리 주는 기쁨, 받는 기쁨으로 빚진 기분을 서로 상쇄함으로써 다툼이 없는 이웃 배려와 공동체 의식의 중요성을 표현하고 있다.

날이 새면 가족을 위해 일터로
가려는데 철없이 어린 녀석
아빠! 가지 말라며
바지 잡고 울어대네

쓰린 마음 달래며 눈물로 일 마치고
집에 와 보니
옆으로 누워 잠든 녀석의 눈가엔
눈물이 채 마르지 않고
잠결에 흐느끼는 목소리로
아빠! 빨리 와

아이고, 하며 덥석 끌어안으니
따뜻한 체온 속에 심장이 심장을 녹인다
온종일 지루하게 기다렸던 탓일까
목을 꼭 끌어안은 고사리손 놓지를 않으니

아빠의 뜨겁고 뜨거운 사랑
자식을 위해서라면 무엇이 두려울까
험한 산도 깊은 물도 불이라 할지라도
모두 헤쳐나가려니
그저 건강하게만 자라다오.

-- 「아빠의 사랑」

　한별 시인의 시적 경향은 모태 신앙과 자아 성찰에서 표출
된 진솔한 고백이 주류를 이루고 있다. 시의 제목은 평이하
지만, 보편적 체험을 형상화시킨 함축의 메시지는 그 의미가
깊다. 또한 다양한 소재와 수사법으로 독자의 마음을 사로
잡기도 한다. 화자의 시에는 자기만의 목소리와 성찰이 응축
되어 삶과 인격을 대변하면서 효(孝)를 강조하고 있다.

　화자는 이 시에서 여성이 지닌 이상형의 남성상을 그리고
있다. 즉 엄마와 아빠는 동일성의 대상이라고 할 수 있다. 어
렸을 때 아버지에 대한 그리움이나 존경심이 어머니가 어린
자녀를 사랑하는 마음과 일맥상통(一脈相通)한다고 할 수 있

다. 부모가 자식에게 남기고 싶은 뜨거운 사랑 한마디, '그저 건강하게만 자라다오.'

이른 봄 싹트면서 타고난 색깔
봄, 여름, 늦가을까지
오가는 길손들 모두를 즐겁게 해준다

때가 되어 모체를 떠나
땅에 이리저리 뒹굴 때
그래도 색깔만은 변하지 않아

그를 사랑하는 사람들
흙이 묻었을세라
조심조심 주워다가 책갈피에 간직하니

비록 나뭇잎 단풍잎이라 할지라도
사람 팔자보다 더 호강한다고 생각한다

인간은 생을 다하면
재로 변하고 마는데.

-- 「단풍」

한 편의 시 속에는 화자의 의식과 정신적 내면이 상징과 은유의 이미지로 형상화되어 있다. 화자는 시의 공간을 통해 그 의식과 여러 가지 감정을 드러낸다. 식물과 인간의 존재 앞에서 생명의 의미를 추구하고 그 생명의 소중함을 시로 표현하고 있다. 화자의 태도는 생명 의식에 대한 공경하고 두려워하는 마음을 깨닫게 하여 준다.

이른 봄 새싹이 트면서 부드러운 색깔의 이파리가 싱싱한 초록색으로 변해 봄과 여름을 지나 단풍이 되어 늦가을까지 오가는 길손에게 기쁨을 준다. 단풍은 갖가지 색상으로 인간의 사랑을 받다가 흙 속에 파묻혀 인간 못지않게 존재의 존엄성을 표현하고 있다.

어머니 그리다 잠이 들면
어느새 베개는 젖어있고
꿈에서 어머니 만나
달콤하게 취해
한없이 행복했네

잠에서 깨어 살펴보니
어머니 모습은 보이지 않아
그리움 달래며 불러본다
어머니 어머니 우리 어머니
그리운 어머니

어머니 보고파 눈감으면
인자한 모습이 떠오르네
따뜻한 어머니 품속
한없이 그리워
사방을 더듬어본다

그 옛날 어머니 한 번만 봤으면
애절한 마음 지울 수 없어
그리움 달래며 불러본다
어머니 우리 어머니
그리운 어머니.

-- 「그리운 어머니」

어려운 환경 속에서 여러 자녀를 훌륭하게 키워낸 어머니

에 대한 그리움을 그려내는 시이다. 어머니의 삶의 추구는 오직 어린아이들의 양육이다. 아이들은 어머니에게 소중한 존재이며 어머니의 사랑과 모성으로 성장한다. 어머니와 함께 아이들은 성장하며 두려움에서 벗어나고 의연한 의지로 미래를 꿈꿀 수 있었다.

4연 20행으로 이루어진 이 한 편의 시 속에 시인은 자신을 낳아준 어머니의 인생과 숭고한 사랑을 함축하였다. 누구에게나 받아들여지는 느낌을 글로 써낸 진솔한 언어의 표현이다. 시인은 어렸을 때 어머니를 가장 가까운 가족으로 생각하고 어머니에 대한 효 의식의 이미지를 적나라하게 직설적으로 유추해내고 있다. 이 시를 감상하는 사람들에게 무언의 감동을 주면서, 효도에 각박한 오늘의 자녀들에게 직접적인 교훈 시로 주목받고 있다.

넓고 푸른 하늘 아래
아름다운 경치 보는 것도 즐거운데
너는 이 나무 저 나무 이 꽃 저 꽃
마음대로 즐기며 노래를 곁들여

인간을 즐겁게 해준다

오늘따라 네가 왜 그리
부러울까

사람은 만물의 영장이라고 하지만
너처럼 가고 싶은 곳 마음대로 못 가고
한가로이 노래만 부르며 살 수 없기에
네가 부럽단다

사람은 하고 싶은 것을 다 못한단다
세상 살아가는 이치가
모든 고난을 이겨내야 내일을 살 수 있기에

고생을 극복하는 것이
너무 힘들기 때문에
시시때때로 너를 부러워한단다.

　　　-- 「새야 새야」

　　누구나 부러워하는 대상이 있을 수 있다. 이파리가 나무와
나무 사이를 날아다니는 새를 부러워하듯…. 마치 아름다운

꽃과 꽃 사이를 왔다 갔다 하는 바람처럼…. 화자의 예리한 눈은 새와 나뭇잎, 꽃과 바람의 유사한 점을 떠올려 시화하는 데 성공하고 있다. 나뭇잎이 바람에 휘날려 땅에 묻혀 새가 될 수 없는 서러움이 곧 거름이 되어 미래에 희망의 꿈을 꾼다. 즉 우리 인간은 비슷한 일이 일어나는 현상이라도 시각에 따라 생각하고 판단하는 능력이 달라진다. 우리는 어려운 처지에 있을지라도 나를 희생하여 또 다른 희망으로 환생할 수도 있을 것이다.

그런데 이게 웬일인가. 그만 큰 돌에 채여 넘어지고 말았다. 물동이가 박살이 났다. 소녀는 앞이 안 보였다.

"아휴! 이를 어떻게 하면 좋아, 옹기점으로 다시 가서 사정하고 하나 얻어 볼까?"

그러나 너무 많이 왔기 때문에 그러지도 못하고 소녀는 울면서 집으로 걸어왔다. 배고픈 것도 잊어버리고 어머니에게 뭐라고 말을 하나 한 번도 어른들을 화나게 해본 일이 없기에 집에 가기가 너무 두려웠다. 어머니의 화난 모습이 그려지고 야단을 맞다 못해 회초리까지 맞을 것만 같아 너무 무서웠다. 어느덧 집 앞에 닿았다. 집에 못 들어가고 대문턱에 앉았는데, 한 아주머니가 내 손을 잡고 어머니에게 가서

"돌에 걸려 넘어지는 바람에 물동이를 깨뜨렸다."
고 말해준다. 어머니는 딸아이의 모습을 보고
"어디 다친 데는 없느냐?"
고 물어보시고 여기저기 살피신다. 그러시곤,

"아이고 이것아, 얼마나 아팠겠니?"
양쪽 무릎이 모두 깨져 피를 얼마나 흘렸는지 발바닥으로 흘러내린 피가 신발 바닥까지 흘러내려서 빨간 고무신이 되어버렸다. 어머니 눈에는 눈물이 고이고 피를 닦아주시면서 물동이 깨진 것은 말이 없으시고, 그저 다치지나 않았나? 걱정이시다.
"가지 말라고 했는데 왜 갔느냐?"
고도 안 하셨다.

-- 「어머니의 물동이」 중에서

수필은 관조(觀照)와 체험의 문학이다. 또한, 신변을 해석하여 인생의 사유를 유도하고 공감을 얻어내야 한다. 진실의 세계를 다룬다는 측면에서 볼 때, 수필은 어느 문학보다 감동의 전달력이 강한 문학 장르다.

시(詩)나 수필은 한 방울 눈물로 진주를 만드는 작업이다. 나의 피눈물 나는 인생살이, 뜨거운 사랑, 미움, 분노, 고독, 슬픔 등은 인간이 몇천 년, 몇만 년을 겪으며 내려온, 인간이 인간으로 살려는 외침이요, 물음이다. 이것은 드라마도 아니고 허구도 아니다. 현실 앞에 막아서는 자화상(自畵像)이다.

수필 문학의 최대의 관심사는 '자기 자신'이다. 나를 시화(詩化) 하고, 나를 수필화하는 문제다. 우리의 감정을 가슴으로 쓰고, 때로는 머리로도 쓴다. 문학을 대상으로 가장 큰 주제(主題)는 자기 자신이며 자기의 삶이다. 감동을 생명으로 하는 수필이 필자의 멋이나 인품과 융화되어 문학성을 가질 때 한 편의 시(詩)보다 한 편의 소설보다 진한 감동을 독자에게 안겨줄 수 있다.

한별 수필가의 『어머니의 물동이』는 독 사러 갔다가 독을 깨트리고 맨발로 돌아온 어린 딸과 어머니의 이야기다. 지극히 평범한 소재이지만, 크게 과장이 없고 따뜻한 모자의 정(情)이 그림처럼 그려져 있다.

이어령 박사의 『다(茶) 한잔의 사상』에서 "가족이란 잘못이 있어도, 서운한 일이 있어도 한 울타리 안에서 한 핏줄기를 나눈 가족끼리는 모든 것이 애정의 이름으로 용서된다. 즐거운 일이 있으면 같이 즐기고, 슬픈 일이 있으면 같이 슬픔을 나누는 것이 가족의 '모럴'이다."고 했다.

그러나 요즘 가족은 가족관계의 잘못으로 남보다도 못한 형편이 되어가고 있다. 민경옥 시인이 그린 가족은 평화롭고 따뜻하다. 소재를 다루는 솜씨나, 얘기를 만들어가는 서술이 빼어나 한별 작가의 수필이 독자의 시린 가슴을 녹이게 될 것이다.

어느 날 밤 아이들이 잠들고 조용한 틈을 타 나 자신을 돌아봤다. 머릿속에 쌓여있는 많은 꿈, 하나도 이루지 못해 아쉬워서 혼자 흐느꼈다. 흐느끼는 도중에 옆을 바라보니 난데없는 궁전에 내가 있고 사방에 눈부신 물건들이 많고 어디선가 나를 보고 소원 이루어질 테니 다 말하라고 한다. 나는 고맙다고 하며 하나씩 하나씩 말을 하니 말하는 대로 다 이루어졌다.

나는 몇 가지 소원을 이룬 것만으로도 너무 좋아 노래를 부르고 궁전이 너무 아름다워 돌아보는 순간 그만 잠에서 깼다. 울면서 잠이 들어 그런 꿈을 꾼 것 같다. 그런데 지금도 지워지지 않는 이유를 분석해 볼 때 꿈속에서 이루어진 몇 가지 소원 늦게라도 이룬 것이 아닌가 생각한다.

-- 「꿈이여 다시 한번」 중에서

인간이면 누구라도 꿈을 꿀 것이다. 그런데 수필가는 이 꿈을 만들어서 테이블에다 내놓는 사람이라 해도 좋을 듯하다. 지난밤에 조용한 틈을 타 나 자신을 돌아봤다. 비록 시적 자아로 암시되는 경우라 할지라도, 머릿속에 쌓여있는 많은 꿈 가운데 하나도 이루지 못해 아쉬워서 혼자 흐느꼈다. 꿈을 꾸었다. 간밤에 새빨간 꿈을 꾸었다. 궁전의 공주처럼 모든 것이 갖춰져 너무 행복하여 꿈속에서 울었다. 깨고 보니 꿈이었다. 꿈은 아름답고 시들지 않는다. 꿈에서 이루어진 것이 이승에서도 이루어졌다.

3. 맺음말

가끔 몸이 약간 불편하다 하여 걷기를 피하기만 했던 내게

시(詩)는 산기슭에서 살아가는 녀석들과 친구가 되게 해주었다. 순간을 축제로 받아들이는 고양이, 청설모, 이름 모를 새의 생동감과 정갈함이 보인다. 즉 따뜻한 가슴을 가진 시인에게는 말이다. 시는 정신세계를 언어로 표현하는 예술이다. 그 특성은 아름다움이다. 한별 시인은 언어의 몇 가지 조합으로 작사가가 되어 작곡하고 멋지게 노래를 창출해 부르고 있다.

어느 사이에 작곡가 작사가 가수로 음반 제작까지 두루 섭렵해 주유천하를 거침없이 다니고 있다. 민경옥 시인의 시에 등장하는 모든 시어는 단순하게 표출되지만, 내심(內心)으로는 거의 상징이고 은유이다. 이를 바탕으로 주저함이 없이 가사를 쓴다. 또한, 인간은 사유적(思惟的) 동물로서 끝없는 자연과 삶의 문제에 부딪히면서 사유의 불꽃을 태우며 체험을 통해 자신의 삶을 응시하면서 미적인 삶을 추구한다.

이번 민경옥 시인이 상재(上梓) 한 네 번째 시집 『고목(古木)에 피는 꽃』을 통해 그녀의 삶이 시가 되고 그녀의 수필이 삶이 되는 것을 보여준 명상(瞑想)의 궤적(軌跡)을 그려 보았다. 시인은 연륜이 있음에도 현실 앞에 능동적 삶을 스스로 던지며,

전통적으로 내려오고 있는 선비의 기개와 시상(詩想)을 담은 가슴으로 만학의 열정을 시로 수필로 승화시키면서 끊임없이 정진하는 한별 시인에게 박수를 보낸다. 시인의 삶의 철학과 자신을 보듬고 있는 가족이 있어 오늘도 민경옥 작가의 글이 들려주는 따뜻한 목소리에 독자들은 크고 작은 위로를 받을 것이다.

고목에 피는 꽃

초판인쇄 2022년 2월 25일 초판발행 2022년 3월 2일

지은이   민경옥
펴낸이   장현경 펴낸곳   엘리트출판사
등록일   2013년 2월 22일 제2013-10호

서울특별시 광진구 긴고랑로15길 11 (중곡동)
전화 010-5338-7925
E-mail : wedgus@hanmail.net

정가 15,000원

ISBN 979-11-87573-34-0 03810